KB081907

편지할게요

편지할게요

낯선 이름에게 전하는
나의 은밀하고
소란한 편지

김민채 지음

ㄱ책

A, 나는 당신이
행복하면 좋겠습니다.

당신의 편지를 다시 읽고

당신의 따듯함이 내 몸을 감싸면,

어느새 당신이 쓴 말들은 먼 과거가 되고

우리는 함께 그 말들을 돌아보죠.

우리는 미래에 있어요.

— 존 버거, 『A가 X에게』 중에서

차례

◇ 1

"

내게 네 사랑을
평생 동안
갚을 수 있는 기회를
다시 한 번 주면 좋겠어.

"

from A.

깨어진 것을
다시 붙이기

일본의 공예 중 '킨츠기kintsuki'라는 것이 있다. 킨츠기란 '금으로 수리하다'라는 뜻으로, 깨진 도자기를 송진, 옻 등으로 접합하고 금이나 은가루를 활용해 보수하는 과정이다. 이가 나가거나 깨진 그릇을 그냥 버리는 게 아니라 깨짐을 인지하고 고쳐 아름답게 장식하는 것. 이를테면 그 아픔까지 껴안는 마음.

나는 늘 이별을 깨진 그릇이라 생각해왔다. 사랑이란 한 번 깨어지면 절대로 다시 예전과 같을 수 없는 것, 아무리 애를 써서 조각을 모아 붙여도 전과 똑같은 그릇이 될 수 없는 것이라 믿었다. 절대 그럴 수 없다고 단언했다.

그래서 내 이별은 항상 뒤끝이 없었다. 상대방 혹은 내가 이별을 고했다면, 그 순간 사랑은 완전히 끝났다. 헤어진 사람이 다시 연락해오고, 아무리 간절하게 재회를 이야기해도 나는 눈 하나 꿈쩍 않았다. 내 세상에서, 이별했던 연인이 다시 만나는 일은 불가능했으니까.

친구 관계도 마찬가지였다. 누가 내게 사랑 고백이라도 하면 우리의 관계는 그날로 끝이 났다. 두 사람 사이에 우정 아닌 감정이 생겼다면 전과 같은 친구로 지내기는 어려울 테니까, 완전히 연락을 끊어버렸다. "다시 사귈 수 없다면 전처럼 친구로라도 지내자"라는 헤어진 연인의 말 또한 들어줄 수 없었다. 내가 대꾸할 수 있는 말은 그저 이뿐이었다. "우리가 그렇게 열렬히 사랑을 나눴는데, 어떻게 아무 일도 없었던 것처럼 다시 친구로 지내?"

간혹 마음속에 남은 미련을 발견할 때도 있었지만, 세상에 이렇게 단호한 사람이 또 있을까 싶을 만큼 나는 스스로에게도 엄격했다. 헤어진 사람과는 절대 다시 만나지 않는다. 친구로도 남지 않는다. 그게 내 원칙이었다. 일말의 미련도 남기지 않기 위해 연락을 받지도, 먼저 하지도 않았다. 행여 어찌어찌 우리가 다시 만난다 할지라도, 절대 예전과 같을 순 없을 터였다.

지금도 언제나 지니고 다니는 편지가 한 통 있다. 손바닥만 한 작은 편지. 반으로 접혀 있는 그 편지를 펼치면, 대여섯 줄의 짧은 메시지가 적혀 있다. 헤어졌던 연인인 A에게 받은 그 편지에는, 다시 한 번 기회를 달라는, 우리 다시 만나면 안 되겠느냐는 메시지가 담겨 있다.

A는 그 편지를 자취방 대문에 붙여두고 갔다. 아침부터 합정동 이곳저곳을 돌아다니다가 한적한 카페에서 책을 읽고, 저녁거리까지 잔뜩 장을 봐서 돌아오는 길에 편지를 발견했다. 온종일 돌아다닌 탓에 그가 언제 다녀갔는지 도통 알 수 없었다. 얼마나 오래 나를 기다리고 있는지도. 편지를 붙이러 온 그와 마주치는 다소 민망한 상황이 벌어지지 않아서 다행이다 싶기도 했다.

한 통의 편지로 그는 찾아왔다. 문자메시지나 카톡도 아니고 전화도 아니라 그가 직접 찾아와 편지를 남겼기에, 나는 그를 외면할 수 없었다. 당시 삼척에서 근무하던 그가 나와의 작은 연결고리라도 놓치지 않기 위해 먼 길을 달려왔다는 사실에 마음이 조금 녹았는지도 모른다.

A를 잠깐 만나 '다시 사귈 마음은 없으니 그냥 돌아가'라고 이야기해야지, 결심하고 연락했는데, 막상 그를 만나니 웃음이 났다. 웃음은 좋은 징조다. 내가 그를 미워하지 않는다는, 우리 사이의 추억이 아직 완전히 휘발하지 않았다는 증거.

우리는 다시 연애했다. 내 인생의 큰 사건이었다. 나름대로 지켜오던 신조가 무너졌다. 헤어졌던 사람과 다시 사귀다니. 잘될 턱이 없는데. 전처럼 좋을 리가 없는데. 결국 헤어질 텐데. 마음이 편치 않았다. 그럼에도 불구하고 그와 다시 만난 건, 아무리 생각해도 문 앞에 붙어 있던 그 작은 편지 한 장 때문이었다.

사랑은 시작됐다. 깨어진 조각을 잘 수습해, 조각과 조각이 만나는 선이 아름답게 드러나도록. 우리는 조심스레 그릇을 고쳐가고 있다. 예전과 완전히 같을 수는 없을지라도, 새로운 아름다움과 시간을 품은 그릇이 만들어지고 있는 거다. A와 나는 우리의 시간에 남은 아주 가느다란 빗금 같은 상처를 끌어안기로 했다.

물론 불안했다. 얼마 지나지 않아 우리가 같은 이유로 다시 헤어질 거라는 초조함이 그림자처럼 발밑에 붙어 나를 따라왔다. 이별에 대한 내 딴의 가치관이 암시가 되고 최면이 되어 이 사랑에 대한 믿음을 갉아먹었다. 실금 같은 불신을 떨치기까지, 어떤 낮과 밤이 흘렀나. 우리는 어떤 말들을 속삭이며 잃어버린 조각을 찾아 모았나.

견고한 사랑에 대한 믿음, A라는 한 사람과의 관계에 대한 믿음은 설탕 발린 달콤한 말들이 아니라, 꽃같이 피었다 져버릴 화려한 이벤트가 아니라, 남들의 눈에 귀한 고가의 선물이 아니라, 사랑 그 자체에서 피어났다. A는 그저 순수하게 나를 사랑함으로써, 사랑을 되찾았다. 나는 날마다 문득, 내가 알던 것보다 훨씬 더 큰 사랑이 그에게 숨겨져 있음을 느꼈다. 혹자의 말처럼 사랑의 무게나 크기를 재어 견줄 수 있다면, A의 사랑이 더욱 커다랗고 무거우리라 확신할 만큼, 그가 나를 아꼈다. 감당이 안 될 만큼 쏟아져 내리던 사랑, 사랑, 사랑.

이제 그는 나의 남편이고, 내 두 아이의 아빠다. 우리가 지금도 조각을 모으며 그릇을 붙이고 있는 건지, 아니면 벌써 그릇을 다 만들어 음식을 담고 있는지 알 수 없다. 분명한 건 우리가 이 사랑과 믿음을 버리지 않았다는 것. 똑같은 성질로 이루어진 조금 다른 그릇이 세상에 존재하게 됐다는 것. 다시 깨어져도 포기하지 않으리라는 것. 전과는 다르지만 이토록 아름다운.

한 통의 편지로 그는 찾아왔다.

문자메시지나 카톡도 아니고

전화도 아니라

그가 직접 찾아와 편지를 남겼기에,

나는 그를 외면할 수 없었다.

2

"

특히 네겐 고맙지, 미안하고.
미안한 사람들이 많지만
미안하면서도 고마운 사람은
정말 없겠지.

"

from A.

내일을 기다리는
몇 개의 날들

그날 교토에는 온종일 비가 내렸다. 많은 벚잎이 졌고, 많은 새순이 돋았다. 꽃의 절정을 나는 보지 못했다. 바라던 바였다. 다행히도 나는 몹시도 아름다운 그것들을, 누군가를 웃게 하는 장면을, 이내 곤두박질치는 순간을 비에 다 흘려보냈다. 나의 교토는 꽃순을 잃고 꽃잎도 잃고 파란 잎만 무성했다. 앞으로도 이렇게 꽃 지고 잎 자랄 때마다 나는 A 오빠를 생각할 것이었다. 진부하게도 샤워를 하다가 엉엉 울었다.

사그라지는 생을 두고 왔다. 하필이면 그날, 나는 교토행 비행기에 올랐다. 두 시간 남짓한 짧은 비행. 그런데 그사이, 오빠는 나 몰래 가버렸다. 가는 뒷모습을 보여주지 않으려 마음을 먹었던 것인지, 내가 상공을 헤맬 때, 하필 그때. 간사이국제공항에 도착해 줄이 끝도 없이 긴 입국심사대 앞에 선 채 휴대전화 전원을 켰을 때, 메시지는 도착했다. 부고訃告. 내가 아득한 구름 속을 지나는 사이, 오빠는 이제 그만 가보아야겠다고 생각했나보다. 오빠는 멀어져갔고, 나도 멀리 갔다. 나는 그 죽음의 곁을 지키지 못한 채, 어디론가 와버렸다.

사월이었다. 곧 지천이 꽃밭이 될 터였다. 한날 나는 세월호에 대한 기사를 읽었는데, 희생자의 한 부모님이 했던 말이 잊히지 않았다. 다시 사월이 오고 꽃이 피는 일이 두렵다고, 피는 꽃의 꽃순이라도 다 따버리고 싶은 심정이라고. 그래 할 수만 있다면 피는 꽃순을 다 따버리고 싶은 사월이다. 꽃이 피는 일이 두려웠다. 몹시도 아름다워서, 누군가를 웃게 만들 것이라서, 이내 곤두박질칠 거라서. 피지 마, 피지 마, 만개하지 마. 웃지 마. 지지 마, 지지 마, 곤두박질치지 마. 나는 그 꽃순에 너무 많은 것을 바랄 수밖에 없었다.

A 오빠를 마지막으로 보았던 날, 오빠는 멀리까지 배웅을 나왔다. 오랜 치료로 말라버린 몸. 검어진 얼굴. 얼굴빛 때문에 더 반짝이던 하얀 이. 수술 때문에 약

때문에 듬성듬성해진 머리칼. 어울리지 않는 환자복. 헐떡이는 슬리퍼. 지친 몸을 이끌고 오빠는 배웅을 나왔다. 병동. 엘리베이터. 병동. 아니 잘못 나왔어. 다시 엘리베이터. 병동. 복도. 수술실. 회복실. 복도. 화장실. 복도. 로비.

"오빠, 추우니까 이제 여기에서 가요. 다음에 봐요. 맛있는 빙수 먹으러 가요."

다음에 보자고 나는 인사했다. 손을 흔들며 긴 통로를 지났다. 그대로 문을 열고 가려다가 다시 뒤를 돌아봤다. 오빠가 서 있다. 인사한다. 제자리에 서 있는 오빠를 향해 다시 인사했다. 커다란 문을 지나 나왔고, 그러고는 다시는 뒤를 돌아보지 않았다. 바람이 제법 차서 옷깃을 여몄고, 큰길 사거리에서 낯선 버스를 탔고, 처음 내가 출발했던 곳을 향해 돌아갔다. 다시금 돌아보지 않음으로써 그때 그 모습이 내게 남겨진 오빠의 마지막 장면이 됐다. 그러나 나는 그날 오빠가 어떻게 다시 긴 복도와 수많은 병동과 사람들, 그 긴긴 순간을 거슬러 갔는지 알지 못한다. 아마 멀리 배웅을 나온 만큼, 돌아가는 길은 더 많이 아팠을 것이다.

나이로 2년, 학번으로 1년 차이가 났던 A 오빠와 나는 같은 날 졸업했다. 내가 강단에 올라가는 차례에 오빠는, 강단에 선 모습을 찍어주겠다며 내 휴대전화를 가져가서는 웃긴 표정의 셀카를 찍어놓았다. 학사모를 쓰고 웃는 오빠.

그날 후배들에게 졸업 선물을 받았는데, 다음 날 열어보니 시집 한 권과 편지 한 통이 담겨 있었다. 그런데 선물을 잘못 받았다. 나는 A 오빠의 이름이 적힌 시집과 편지를 받았다. 내 이름이 적힌 것은 오빠에게가 있었다. 다음에 만나면 바꿔 갖자고 메시지를 보냈다. 그러나 그런 선물을 받았다는 사실은 물론, 내가 가지고 있는 선물이 오빠의 것이라는 사실도, 곧 만나서바꾸자고 이야기 나누었던 사실까지, 나는 금세 잊었다.

어느 날 오빠가 내게 주소를 물어왔다. 오빠는 '다음'이라는 것이 언제 있을지 모르겠다며, 지금, 그것들을 보내주고 싶다고 했다. 다음 날 택배가 도착했다. 언제나 쉽게 '다음'을 이야기할 수 있었기 때문에 나는 무심코 또 다음을 기약했다. 끝내 오빠의 이름이 적힌물건들을 돌려주지 못했다.

"좋은 책 많이 쓰고 만들어줘."

캡처해둔 메시지를 이따금 열어볼 때는 있었지만, 나는 수백 통의 편지를 뒤지면서도, A 오빠에게 받은 편지가 있으리라고는 생각조차 못했다.

오빠의 편지는 졸업식 당일 새벽에 쓰였고 내게 전해졌다. 주로 지나간 대학생활에 대한 소회가 담겨 있다. 미안한 사람들이 많았지만, 나처럼 미안하면서도 고마운 사람은 정말 없다는 말이 적혀 있다. 나는 다시금 이 편지를 펼쳐 들고 '미안하고, 고마웠다'는 마지막 문장을 여러 번 곱씹는다. 미안하고, 고마웠다. 미안하고, 고마웠다. 무너져 내린다 나는. 고맙다는 말을 들을 만큼 오빠에게 해준 것이 없는데, 오빠가 고마워했음이 나를 더 사무치게 한다.

A 오빠는 요샛말로 '츤데레' 같은 구석이 있는데, 늘 나를 못 놀려먹어 안달인 사람처럼 장난을 치고 구박을 했다. 무신경한 얼굴로 툭툭 말을 던졌는데 그게 밉지가 않았다. 어쨌거나 오빠는 내 곁에 있었고, 나를 제대로 바라봐주었기 때문일 것이다. 한 인간의 삶에 관심을 갖지 않으면 내뱉을 수 없는 말장난과 놀림. 그러

니까 그 '구박'이라는 것은 오빠가 내게 던지는 최대의 애정 표현인 셈이었다.

　　A 오빠가 무심한 듯 다정한 사람이었다면, 아무리 되짚어도 나는 그냥 무심하고 무정한 동생이었다. 8년간 오빠의 진심과 다정함을, 모든 호의와 배려를 당연한 것처럼 받았고 곧잘 잊었다. 너무 잊어버려서, 아무리 애를 써도 일상에서 함께 보낸 아주 작은 순간들이 선명해지지 않는다. 나는 내가 못 견디게 미워지지만, '그러면 더 못생겨지니까 그런 마음 품지 마' 하고 당장이라도 A 오빠가 농담을 건네올 것만 같다. 오빠를 조금이라도 더 기억하고 싶어 썼지만, 무엇도 되돌릴 수 있는 것이 없다. 오빠가 멀리 갔다.

나는 다시금 이 편지를 펼쳐 들고

'미안하고, 고마웠다'는

마지막 문장을 여러 번 곱씹는다.

미안하고, 고마웠다.

미안하고, 고마웠다.

무너져 내린다 나는.

3

"

타인의 말보다는
너의 소리에 귀기울여주길.
나무들의 숨소리를 느끼며 살아가주길.
네가, 너로 살아갈 수 있길.

"

from A.

이제는 당신이
기억나지 않아요

단 둘이서 밥을 먹어본 기억도 없었던 그와 사귀게 된 건 순전히 그가 '좋은 사람'이라는 믿음 때문이었다. 어떤 기준이 있었는지는 당사자인 나조차 모르겠지만, 그는 내 기준에서 좋은 사람이었다. 다른 사람들이 그를 어떻게 평가하는지는 상관없이, 오로지 그동안 내가 겪은 그의 말과 행동만으로 그는 내 안에 자리 잡고 있었다. 우리는 그리 가까운 사이는 아니었지만, 늘 서로의 곁에 있었다. 밀도가 낮지만 성글고 긴 시간이 두 사람 사이에 엉겨 있었다.

A가 내게 고백했을 때 나는 혹자가 보기에는 너무 쉽다고 느낄 만큼 흔쾌히 수락했다. 거기엔 어떤 계산도 없었다. 그냥 '내가 그를 좋아하는가, 아닌가?'라

는 물음에 '좋아한다'고 답할 수 있다면 충분했다. 소위 '밀당'이라는 것은 눈곱만큼도 없이, 그에게 빠져들었다. 그가 궁금했고, 그와 함께 있고 싶었다. 나는 사랑에 빠졌다.

서로 너무나 달라 보였고 느슨했던 연결고리를 가졌던 우리가 연인이라는 이름표를 달고 연애를 시작했을 때, 누군가는 지레짐작했을지도 모르겠다. '금방 헤어지겠지.' 그러나 우리는 너무나도 잘, 만났다. 금방 헤어지지 않고 둘만의 기억을 차곡차곡 쌓아갔다. 한없이 서로를 끌어당기며 사랑했다.

그토록 특별했던 사랑은 영원히 잊을 수 없을 거라 믿었다. 이별이 대수인가, 소중했던 것은 잃지 않고 오래 간직하면 되지. 빛나던 눈동자, 긴 시간 함께 나눴던 대화, 그때의 목소리, 당신의 사상들. 그런 귀중했던 기억을 끝내 잊어버리고 사는 이들이 어리석다고 생각했던 적이 있다. 스스로 원한다면 내가 가졌던 사랑의 모든 조각을 잘 끌어안고 살아갈 수 있을 거라 자신했던 시절이었다.

이십 대엔 영화 〈이터널 선샤인〉을 여러 번 봤는데, 볼 때마다 엉엉 울었다. 한 사람이 한 사람으로부터 완전히 사라지는 과정, 그리하여 사랑했던 두 사람이 정말 모르는 사람처럼 떨어져나가는 순간을 보고 있노라면 가슴이 아파 견딜 수가 없었다. 서로를 지워버리기로 하고 기억을 지우는 회사를 찾아간 두 사람의 결정이 너무나 야속했다. 자의로 사랑을 잊게 만든다는 설정이 잔인하게 느껴졌다.

나는 유독 내가 가졌던 사랑의 기억에 대한 강박을 품곤 했다. 잊지 않기 위해서 연인과 함께했던 흔적을 강박적으로 모았다. 선물이나 편지, 사진은 당연하거니와 같이 보았던 공연 티켓부터 작은 쪽지와 메모들, 가끔은 병뚜껑이나 돌멩이 같은 것까지, 무엇 하나 버리지를 못했다. 행여 이것들을 잃어버림으로써 기억까지 다 잊어버리게 될까봐 추억 상자가 잘 있는지를 늘 살폈다.

여전히 내 추억 상자에는 A의 편지가 많이 남아 있다. 혹자는 이별하자마자 전 연인이 준 물건을 남김없이 버린다던데(특히 결혼을 앞두고는), 나는 그가 준 다른 물건들은 버렸지만 편지만은 하나도 버리지 않고 그대로 두었다. 이마저 버린다면 나의 한 시절은 영원히 소각되는 게 아닐까. 눈물을 쏟으며 보던 영화처럼, 한 사람에게 다른 한 사람이 완전히 사라져버리는 거 아닐까. 그게 가능할까, 그래도 될까?

　　A는 내게 가장 많은 편지를 써준 연인이었다. 그는 사랑한다는 말을 '사랑해'라는 단어 없이도 두세 장 가뿐히 넘겨 써내려가곤 했다. 서로 곁에 있던 장면들을 사진처럼 포착해내는 일, 우리가 함께 있을 미래를 그리는 일로 글자들은 바빴다. 그가 그리는 순간의 우리를 떠올리자면, 우리는 부모가 됐고, 노인이 됐고, 아니 아주 어려졌다가, 또 지금의 우리가 됐다. 그의 이야기 속에는 수많은 내가 있었다. 그가 사랑하는 나. 내가 존재해야 진행되는 서사.

　　이 편지는 A와 이별한 후에 받았다. 편지가 세 장이나 들어 있어 봉투가 제법 도톰하다. 헤어지고 두 번의 계절이 지나고 쓰인 편지에는 미련이나 걱정 같은 것은 없고, 고마워하는 마음이 가득 담겨 있다. '좋은 사람'이 되겠다고 마음먹게 해주어서 고맙다는, 앞으로의 자신을 기대해볼 수 있게 해줘서 고맙다는 말. 두 사람의 미래가 아니라, 새로운 곳에서 마주할 그 자신의 날들이 그려진 글. '넌 이미 좋은 사람이었어.' 나는 전해지지 않을 말을 되뇌며 웃었다. 그리고 온 마음을 다해 그가 행복하게 살기를 바랐다. 그는 잘해낼 것이었다. 그에게도 나에게도 더 이상 서로가 필요하지 않은 그날이 온 것이었다.

그로부터 또 아주 긴 시간이 흐르고 나는 문득 그를 떠올렸다. 별안간 떠오른 그는 선명하지 않아서 곰곰 생각해본다. 생김새, 표정, 목소리, 살결, 체온, 생각들…. 그런데 오랫동안 앉아 그려보아도, 이제는 잘 기억나지 않는다. 그가 어떤 사람이었는지, 무얼 좋아했고 어떤 표정을 곧잘 지었는지, 그와 나 사이에 어떤 비언어가 존재했는지. 나는 아무것도 알지 못한다. 내가 사랑했을 그 모든 것이 이미 저만치 가버리고 없다. 일부러 지운 것도 아닌데 그것들은 자연스레 몽땅 사라졌다.

잊지 않으려고, 없어지지 않게 하려고 발버둥치더라도 사랑은 결국 잊혔다. 이별하고 시간이 지나며 아주 자연스레 천천히 증발했다. 기억이 소멸될수록 사랑의 추억은 조금씩 몸집을 줄여갔다. 가슴 아플 것도 없고, 야속하거나 잔인한 일도 아니었다. 추억 상자 안에 무엇을 얼마만큼 담든 그것은 결국 영원할 수 없다. 사라질 것은 결국 사라진다.

　　미안해, 이제는 당신이 잘 기억나질 않아. 언제부터인가 시간을 들여 곰곰이 떠올려보아도 선명해지지 않는 그에게 나는 미안했다. 더 잘 기억하지 못해서, 더 오래 기억하지 못해서. 그런데 이제는 흐릿해진 그의 모든 것이 내게 답하는 듯하다. 괜찮아, 나도 그렇게 천천히 당신을 잊었어. 그렇게 한 시절의 사랑은 완전히 끝이 났고, 우리는 잊고 잊히며 오늘을 살아가고 있었다.

기억이 소멸될수록

사랑의 추억은 조금씩 몸집을 줄여갔다.

가슴 아플 것도 없고,

야속하거나 잔인한 일도 아니었다.

추억 상자 안에 무엇을 얼마만큼 담든

그것은 결국 영원할 수 없다.

사라질 것은 결국 사라진다.

4

"

알찬 스무 살은
세월의 흐름에 무상하게
네 인생 최고의 순간이
될 거야.

"

from A.

나의

다정하고 멋진

　

나와 세 살 터울인 오빠는 내 친구들 사이에서 인기가 많았다. 고등학생 때 야간 자율학습이 늦게 끝나거나 독서실에서 늦은 시간까지 머물다 오는 날이면 오빠가 늘 동네 초입까지 마중을 나왔다. 그때 함께 있던 친구들은 오빠에게는 안 들리지만 내게만 들릴 만한 목소리로 호들갑을 떨었다. "역시 민채네 오빠 짱 다정해!" 게다가 꽤나 훈훈한 미모를 가진 오빠였기에(n년차 직장인에 아기 아빠인 지금은 그 훈훈함은 모두 사라졌다), 졸업식에라도 출몰하는 날이면 "너네 오빠 잘생겼다! 웃는 거 손호영 같아!!"라는 말을 듣기도 했다.

　

그럴 때마다 나는 겉으로 허허 웃으며 속으로는 부정했다. '아냐! 집에서 맨날 방에 박혀 게임만 한다고!

친구들 앞이니까 방글방글 웃는 거라고!! 하나도 안 다정하고 하나도 안 멋있다고!!!' 아무에게도 안 들릴 내면의 목소리로 힘차게 울부짖었다.

'현실 남매'의 동생으로서 열심히 부정했지만, 사실 오빠는 실제로도 다정했다. 밤마다 동생을 마중나가라는 엄마의 말은 얼마나 귀찮았을까. 외출복을 다시 꿰어 입고 신발을 신고 나오는 과정은 생각만 해도 지긋지긋하다. 심지어 대학생 때 1년간 학교 근처에서 함께 자취를 하던 때에도 오빠는 동생을 '모셔야' 했다. 축제라도 열리면 술에 얼큰하게 취해 오빠의 전화를 받았다. 일찍 들어오라는 말은 한 귀로 흘리고 느지막이 집을 향해 가면, 저 멀리 큰길에서 오빠가 화난 표정으로 "빨리 와!" 한마디만 했다. 그러면서도 오빠는 늘 마중을 나왔다.

어린 시절 내가 무언가를 깨트리거나 고장 내면 오빠가 수습해주고 자신이 저지른 일처럼 대신 혼이 나기도 했다. 친구들에게 듣기로는 욕을 하는 오빠들도 있다던데, 우리 오빠는 내게 모진 말 한마디 한 적이 없다. 내가 매번 불을 켜고 대충 잠들어도 툴툴거리며 방까지 와서 불을 꺼주고 자기 방으로 돌아갔다. 가끔은 "오빠 오빠, 내 방에 빨리 와봐!!!" 하고 불러 불을 꺼달라고 장난쳐도 자꾸만 속아주었다.

자라는 동안 오빠의 무엇을 빼앗았다고 생각하지 못했지만, 그런 평범한 일상은 오빠로부터 무언가를 야금야금 가져왔는지도 몰랐다. 즐거운 망상에 빠질 잠깐의 여유, 하루 동안 고민했던 문제의 끝을 찾을 실마리 같은 것들. 미세한 틈. 눈에 보이진 않지만 그에게 분명 유의미했을 자투리 시간과 마음. 오빠는 그 자신도 나도 모르는 많은 것을 동생에게 양보해줬을 거다. 저보다 작은 동생을 울지 않게 해주려고.

그에 비하면 나는 늘 모질게 빼앗기만 했던 게 아닌가. 오빠에게 가 있는 관심을 얻고 싶어 했고, 오빠의 순서인 어떤 일을 먼저 하겠다 떼쓴 적도 있었으니 대체 무슨 심보일까. 오빠의 사소한 즐거움과 가능성 같은 것을, 자주 모르는 척했다. 오빠의 외로움과 괴로움부터 사소한 갈망까지도. 내가 조금만 양보했어도 오빠는 조금 더 웃을 수 있었을 텐데, 나는 늘 내 것부터 먼저 챙겼고, 오빠의 의견에 힘을 보태기보다는 얄밉게 부모님 의견에만 맞장구를 쳤다. 내가 더 자주 오빠의 편이 되어 시간과 마음을 내어주었다면, 오빠의 유년 시절은 아주 조금이라도 더 유쾌했지 않았을까.

오빠의 편지는 내가 고등학교 3학년이었고 오빠가 군 생활을 하던 때 받은 것이다. 아마 이때를 제외하고는 오빠와 내가 편지를 주고받은 적은 없는 듯하다. 당시 나는 힘들 때마다 오빠에게 편지를 썼다. 친구 관계에 대한 시시콜콜한 이야기, 좋아하는 혹은 좋아함 당한 남자애에 대한 고민, 수시에 탈락하고 수능을 망친 이후의 우울 같은 것을 털어놓는 편지였다.

보낼 때마다 답장이 온 건 아니었고, 여러 고민이 쌓이거나 오빠가 꼭 전하고 싶은 말이 있을 때 편지가 왔다. 이 편지에는 고3이 끝난 내게 당부하고 싶은 메시지가 적혀 있다. '너는 너의 최선을 다했을 거라 생각해'라는 위로의 말부터 대학생이 되면 연애를 많이 해보라는, 그러나 매너 있고 정신적인 교류를 할 수 있는 남자를 만나라는 조언까지. 12월의 마지막 날, 오빠는 스무 살을 앞둔 동생에게 그 편지를 쓰며 저녁 시간을 보냈다.

사실 많은 여동생들이 그러하듯 나는 자라는 동안 게임 덕후인 오빠를 얕봐왔다. '방구석에서 게임만 해가지고 도대체 뭐가 되려고 저러는 거야?' 그것이 그 시절 나의 걱정이었다.

　　하지만 오빠와 나 사이에는 언제나 3년의 시간 차가 있었다. 어릴 땐 몰랐지만 그건 엄청난 차이였다. 오빠는 늘 앞서 고민하고 결정하고 실행했다. 내 동생에게 좋은 일, 우리 부모님께 도움이 되는 일 같은 것에 그의 마음 씀씀이가 가닿았다. 자기 하나 건사하느라 바쁜 나와 달리, 오빠가 엄마와 아빠의 생활을 살필 때마다 나는 이마를 탁 쳤다. '역시 오빠는 오빠다! 3년 더 먹은 공깃밥이 몇 그릇인가!'

　　이 편지에도 그런 내용이 있다. 오빠의 마음을 이해하기에는 딱 3년이 부족한 것 같다는, 3년 더 살아보면 알게 될 거라는, 오빠가 군대에 있는 2년은 따라잡아 보라는 문장이다. 그러나 오빠가 군에 2년을 있든 20년을 있든 나는 절대 그 마음 씀씀이를 따라잡지 못할 거였다. 오빠는 오빠고, 나보다는 훨씬 다정하고 멋진 사람이니까. 그의 시간도 마음도 나는 감히 헤아릴 수가 없다.

오빠는 처음부터 오빠였다. 태어났을 때부터 늘 옆에 있던 사람. 내 잘못을 감춰주고 대신 혼나주던 사람. 양보하는 줄도 모를 만큼 당연히 양보해주던 사람. 늦은 밤 동네 초입까지 마중 나와 기다려주던 사람. 나보다 먼저 살고 그때그때 적절한 위로와 응원을 안겨주는 사람. 나를 춤추게, 웃게 하는 사람. 나의 가장 오래된 친구, 오빠.

나는 절대 그 마음 씀씀이를

따라잡지 못할 거였다.

오빠는 오빠고, 나보다는 훨씬

다정하고 멋진 사람이니까.

그의 시간도 마음도 나는 감히

헤아릴 수가 없다.

"

5

**자신감을 가져,
너를 믿어.
못할 게 뭐가 있어?
힘내!**

"

from A.

미래 혹은 과거,
나에게서 온 편지

　웹툰 〈유미의 세포들〉에는 '촉'이나 '감'이라는 것이 미래의 나로부터 온 텔레파시라는 설정이 등장한다. 유미는 특정 상황에서 어떤 기시감을 느끼고 자신의 선택을 따른다. 미래의 유미의 세포들은 작가가 되고 싶은 유미를 응원하고, 하는 일이 잘 풀릴 것이며, 이별 뒤에 또 좋은 인연이 올 거라는 희망의 텔레파시를 보낸다. 그 촉과 감으로 현재의 유미는 선택하고, 감정을 추스르고, 다시 용기를 낸다. 이렇듯 미래에서 온 자신의 메시지란 희망과 응원으로 가득 차 있다. 상처 받고 힘들어했던 지난날의 나를 일으켜 세우려는 굳센 말들.

　미래가 아니라 과거의 나로부터 도착한 편지는 어떨까. 그 편지도 미래에서 온 텔레파시와 성격이 비슷하다. 지금의 나는 알 도리가 없는 미래의 나를 응원하는 말로 가득하다. '지금이라는 시간'에 쓰인 편지에서 '지금의 나'는 보통 고통스럽고 고뇌하며 방황하고 있다. 힘들다. 그러나 미래의 나에게 해주고 싶은 말은 현재와는 다를 것이다. 지금 겪고 있는 시련은 끝날 것이며, 더 나은 내가 되어 있으리라는 기대와 긍정의 말들일 테다. 그것이 곧 지금의 내가 바라는 미래의 나이기 때문이다.

이 편지는 고등학생 때 반장 자격으로 〈호국 수련회〉에 참여했던 내가 나에게 쓴 편지다. 고등학교 1학년 때 나는 반장이었다. 성격이 쾌활하고 외향적이라 아이들과 두루 친해서는 절대 아니었다. 우리 반에서는 내 입학 성적이 가장 좋았고, 담임 선생님이 내게 임시 반장을 맡겼다. 2~3주쯤 지나고 반장 선거가 열렸지만, 익숙했던 중학교를 떠나 새로이 고등학교 생활을 시작한 아이들이 적극적으로 반장 후보에 나서거나 누군가를 추천하는 일은 벌어지지 않았다. 나는 임시 반장에서 자연스럽게 반장이 되어버렸다.

그 봄에 학급 반장, 전교회장 등 학생 간부를 대상으로 하는 〈호국 수련회〉에 반강제로 참여하게 되었다(참여 여부를 선택할 수 있었다면 당연히 안 갔을 것이다).
4박 5일이라는 짧지 않은 일정이었는데, 그 시간 내내
나는 너무 힘들었다. 내향적이고 낯을 가리는 탓에 처음
보는 친구들과 보내는 며칠이 곤욕스러웠다. 누구에게
도 쉽게 마음을 주지 못했다. 흔히들 그런 자리에서 반
장에게 기대하는 개방성, 호방함이나 자신감 넘치는 모
습이 나에겐 전혀 없었다. 그 사실이 나를 괴롭혔다. 괴
로움은 저녁 시간에 열린 장기자랑에서 극에 달했다. 레
크리에이션 강사는 "○○팀에서 춤을 제일 잘 추는 친
구 올라오세요!" "○○팀에서 노래를 잘하는 친구 나와
요!" 이런 식으로 아이들을 무대에 불러내어 자기소개
를 시키고 춤을 추거나 노래를 부르게 주문했다. 끔찍했
다. (그럴 가능성은 희박했지만) 같은 팀의 누군가가 내 이
름을 불러 등을 떠밀까봐 가슴 졸였다.

　　노심초사 그 시간을 버티고 드디어 마지막 밤,
잠들기 전 선생님이 학생들에게 편지지와 봉투를 나눠
주었다. 편지는 두 달 뒤 도착할 거라고, 자기 자신에게
편지를 써보라고 했다. 이제 다음 날이면 익숙한 풍경
과 사람들 속으로 돌아간다는 환희에 찬 나는 신이 나
서 또박또박 열심히 편지를 썼다. '이제 다 끝났어, 괜찮

아.' 그런 다독임으로 쓰인 글이었다. "너 자신을 위해서라도 자신감을 가져. 너를 믿어. 못할 게 뭐가 있어? 힘내!"

〈인터스텔라〉〈컨택트〉 등 영화의 바탕이 된 시간 개념을 살펴보면 과학에서의 "시간이란 무엇인가?"라는 물음과 답이 우리가 인지하는 일반적인 시간 개념과는 차이가 있음을 알 수 있다. 보통 인간은 시간을 과거-현재-미래로 구분 짓고, 우리가 살고 있는 게 '지금'뿐이라 믿지만, 사실 모든 시간은 동시에 펼쳐져 있다고 한다. 단지 우리가 인지할 수 있는 것이 '지금'이라는 단한 순간이어서 인간의 시간 개념이 분절되어 있을 뿐. 과거도 현재도 미래도 이미 벌어진 일이다. 그것은 펼쳐진 수많은 장면으로 동시에 존재한다. 하지만 인간은 그걸 알지 못해서 지나간 날을 후회하고, 다가올 미래를 바꿀 수 있으리라 기대한다. 하지만 과거도 미래도 인간의 힘으로 바로잡을 수 있는 상태가 아니다.

어쩌면 모두가 그 사실을 알고 있는지도 모른다. 일어난 일들 속에서 우리는 그저 한순간 한순간을 목격할 수밖에 없고, 인간의 힘으로는 바꿀 수 없는 흐름과 숙명이 존재함을. 아파하고 고민하는 건 조금 부질 없으니, 어쩌면 잘 받아들이는 것이 최선임을. 그래서 인간 세상엔 시간을 넘나드는 이야기가 난무하고 또 사랑받지만, 결국 그것은 상상에 그칠 뿐임을 말이다.

하지만 우리는 동시에 또 알고 있는 게 아닐까. 그럼에도 불구하고 지금 내가 과거와 미래의 나에게 전하는 희망의 메시지가, 기대하는 마음이, 더 나아질 거라는 긍정이 오늘의 나를 다독여줄 거라는 사실을. 그것만이 지금의 나를 충분히 잘 살게 만들어줄 거라는 믿음이 존재하는 것이다. 지금의 내가 괴로운 이유가 과거의 내가 잘못한 탓은 아니라고, 미래의 나는 정말 괜찮아질 거라고, 그걸 어떤 순간의 내가 목격했다고, 살짝 귀띔해주고 편지를 쓰는 것이다. 그 다정한 다독임만이 우리를 살게 하리라. 지금 내가 선택하는 길이 나를 좋은 곳으로 데려갈 거라는 믿음, 지금 내가 행하는 모든 것이 곧 최선이라는 믿음으로 우리는 오늘을 산다.

6

"
여기는
삿포로시 히가시구의 어딘가야.
일요일이고,
날씨가 아주 좋다.
"

from A.

언제나
여기에 있는
사람

    편지 봉투 안에서 바싹 마른 벚꽃 잎이 쏟아진다. 피었을 때의 여리고 연한 분홍은 없고 바스러질 듯 잘 마른 벽돌 빛만 남은 꽃잎. 홋카이도에서 온 편지. 알지 못하는 주소와 익숙한 이름이 함께 적혀 있다.

    낯선 주소로 들어서는 너, 낯선 풍경 속에 사는 너를 생각해. 내가 알지 못하는 사람들과 뒤섞여 내가 이해하지 못할 언어로 대화를 나누는 너. 그럴 때면 너는 한참이나 멀어져. 저만치 멀리 가 있어. 나는 몸을 기울여 멀리까지 손을 뻗지. 닿을 듯 말 듯. 손가락 끝까지 힘이 뻗쳐. 그러다 손끝이 너에게 닿으면 나는 놀라 손을 거둬. 바스러질까봐. 여린 꽃잎처럼 흩날려 날아갈까봐. 뒷걸음질 쳐.

봉투에서 쏟아져 나온 꽃잎들이 행여 바스러질까 조심스레 다시 담는다.

4월 초의 가장 화사한 벚꽃처럼, 우리의 기억도 활짝 꽃피었던 때가 있었지.

A는 내가 대학시절 내내 가장 동경했던 사람이었다. 아니 천천히 헤아려보면, 그때로부터 10년이 가뿐히 지난 지금까지도 역시 그러하다고 할까. 나는 A의 심연에 닿기를 언제나 원해왔다. 한 사람이 보는 세계를 함께 보기를, 그가 느끼는 감각을 통째로 흡수하기를 그토록 원했던 적이 있던가.

나는 그 애를 정말 좋아했다. 그걸 사랑(에로스적 의미로)이라 착각한다면 그냥 사랑이 될 것이었다. 우정이라 불렀으니 우정이었을 테고, 동경이라 부르면 동경이었다. 그 애는 내가 아는 사람 중 가장 행복에 가까워지려는 걸음을 걷는 사람이었다. 행복해지기 위한 방법을 찾아가는 일을 두려워하지 않았다. 가끔은 우울감에 푹 잠겼고 가끔은 지나치게 외로워했지만, 그 애는 포기한 적 없었다.

그래서 그 애는 자주 우리 곁에 없는 사람이기도 했다. 어떤 상념에 젖은 탓이기도 했고, 나중에는 정말 떠나버렸기 때문이었다. 혹자는 이십 대의 치기 어린 방황이라고 부를 법한 일이었다. 나 역시 궁금했다. 그 애는 무얼 하려고 가족과 친구들이 있는 여기가 아니라, 저 낯설고 먼 땅에서 새로이 삶을 일구는 걸까. 사라져버린 A의 잔상만 붙잡은 채 여러 번 되물어야 했다.

　　너는 어디에 있니? 무엇을 찾아 한 걸음 더 멀리 나아가버린 거니. 너는 무얼 하고 있니? 너는 어디에서 눈뜨고 무엇을 보고 듣니. 어떤 사람들과 대화를 나누고, 누구를 갈망하니. 거기에 무엇이 있니. 네가 찾는 것, 그것을 찾았니. 그걸 찾았을 때 너는 웃었니, 울었니.

　　우리 두 사람의 관계가 피는 벚꽃처럼 가장 절정에 달했을 때는 함께 놀던 친구들이 전부 군대며 유학이며 학교를 떠나고 둘만 남았던 때였다(내 생각에 그때였던 것 같다). 친한 무리의 아이들이 사라지고 우리만 '남겨졌다'는 생각이 드니 더욱 애틋했다. 그마저도 A 역시 한 달 뒤에는 입대가 예정되어 있어 시한부가 되어버리니 더 많은 시간을 함께 보내려 애썼는지도 모른다.

우리는 함께, 많이, 걸었다. 잘 자란 봄날 나무들이 그늘을 만들어줬다. 그 아래를 지날 때면 해가 반짝였다가, 다시 그늘이 됐다가, 다시 반짝댔다. 정말 많이 웃었던 기억이 나는데, 무엇 때문에, 왜 웃었는지는 하나도 떠오르지 않는다. 어쩌면 웃는 얼굴을 한 울음이었는지도 몰랐다.

널 많이 좋아했어. 진심으로. 언제나 너에게 살짝 기대어 있었지. 티가 나지 않을 만큼, 내가 지고 있는 짐이 네 어깨에 조금 올라갈 만큼. 웃음을 빚졌지. 덕분에 너무 많이 웃어서 건강했지 그때의 나는. 울음을 빚졌지. 누구에게도 말할 수 없던 마음을 쏟아내느라 바빴지. 네가 무얼 원하는지도 모르고. 너의 눈은 왜 그토록 젖어 있는지도 모르고. 네가 없었다면 그때의 나는, 지금쯤 어디에 있을까?

A가 군대에 간 뒤로도, 오가는 수많은 편지로 이야기는 계속됐다. 인생에서 우리 두 사람으로서 나눌 수 있는 대부분의 이야기는 그 시절 편지 속에 집약돼

있을 거다. 그 시절 너도 나도, 무슨 말이라도 해야 버틸
수 있었으니.

　　그리고 여전히 그 애는 여기에 없다. 내 결혼식
때 마지막으로 얼굴을 본 것이 3년 전이고, 마지막 연락
으로 메시지를 받은 게 넉 달 전 내 생일날이었다. '생일
축하해'라는 짧은 메시지가, 아주 희미하고 가느다랗게
우리 사이를 연결하고 있었다.

　　지금 그 애는 어떤 얼굴로 상념에 젖어 있을지,
아무 말 없는 축축한 얼굴로 누군가를 바라볼지, 누구를
사랑해서 아직도 무엇을 찾고 있어서 그 땅을 걷고 있는
지, 나는 아무것도 모른다. 어쩌면 모르는 사람, 어쩌면
잃어버린 사람. 지나가고 없는 사람.
　　그런데도 언제나 여기에 있는 사람.

　　너는 언제나 여기에 있어.

　　돌아올 봄에는 벚꽃 잎을 잔뜩 그러모아 편지를
보내야지. 내가 매일 아침 보는 풍경을 이야기해줘야지.
내가 만나는 사람들, 사는 곳, 듣는 음악, 좋아하는 것들

에 대해서. 봉투를 열면 우수수 쏟아져 내리도록. 여린 분홍빛으로. 시간이 담기면 벽돌 빛으로 말라버릴 아름다움에 대해서. 가득 담아 보내야지. 활짝 피어날 만큼. 흩날려 눈으로 내릴 만큼.

나는 A의 심연에 닿기를 언제나 원해왔다.

한 사람이 보는 세계를 함께 보기를,

그가 느끼는 감각을 통째로 흡수하기를

그토록 원했던 적이 있던가.

"

7

안녕?
어느덧 방학이 다가와.
즐겁고 보람 있는
겨울방학 보내길.
그리고 더 친하게 지내길.

"

from A.

너에게
익숙해지지
않기를

어떤 대상을 자주 보거나 겪어서 처음 대하지 않는 느낌이 드는 상태. '익숙하다'라는 말의 정의다. 사전에서 '익숙하다'라는 단어의 유의어로는 노련하다, 능숙하다, 낯익다, 친숙하다 등이 있는데, '친하다'라는 말도 있다. 가까이 사귀어 정이 두텁다는 뜻의 '친하다'가 '익숙하다'라는 말과 유사하게 통할 수 있다니, 어쩐지 갸웃하면서도 고개가 끄덕여진다.

A는 일고여덟 살 때부터 이미 나보다 머리 하나쯤 키가 컸다. 함께 우산을 쓰려면 그 애가 우산을 들어야 높이가 맞았고, 팔짱을 끼려면 내가 그 애의 팔 아래에 내 팔을 끼워야 불편하지 않았다. 언제나 그 정도 높이를 유지하며 우리는 함께 자랐다. 성장이 멈춰 더 이

상 키가 크지 않을 때까지. 한동네에서 같은 초·중·고등학교를 졸업하고, 각자 다른 대학교에 진학하여 다른 지역으로 이사한 후로도. 사회생활하며 독립을 하고 저마다의 삶을 꾸린 이후로도. 우리는 서로에게 가장 편하게 우산을 쓰고 팔짱 끼는 법을 체득해 함께 걸어왔다.

얼마 전까지는 분명 '20년 지기'라는 표현을 썼는데, 금방 세월이 흘러 25년쯤이 되어버렸다. 가족을 제외하고는 인생에서 가장 긴 관계를 유지해온 사람. 그게 A다. 물론 관계의 밀도가 모두 균등했던 것은 아니다. 서로에 대한 기억과 영향력이 많지 않았던 초등학생, 중학생 시절이 존재했고, 고등학생 때부터 지금까지의 시간은 좀 더 각별한 사이가 되어 밀도가 높았다. 조금 멀기도 또 유난히 가깝기도 했던 여러 때를 모아, 우리는 각자의 위치에서 서로의 곁을 공전하며 머물렀다.

편지 상자에 든 수많은 편지들을 꺼내어 살피며 발견한 사실이 있다. A에게 받은 편지가 생각보다 많다는 점이다. 다른 사람의 글씨체와 겹치지 않는 특유의 서체 때문에 봉투에 쓴 이름만 봐도 한눈에 A 것임을 알 수 있다. 그 애의 글씨가 적힌 편지는 연도에 상관없이 주기적으로 등장했다. 그중에서도 붙박이는 생일 편지와 크리스마스카드였다. A는 해마다 내 생일과 크리스마스 때면 빠지지 않고 카드를 썼다. 생일과 성탄절에 받은 편지들은 대부분 내용이 길지는 않았지만, 한결같이 나의 행복과 안전을 기원하고 있었다.

그 외에도 A는 취업, 독립, 결혼, 출산 등 내 인생에 크고 굵직한 사건이 일어났을 때에도 편지를 썼다. 그 편지들은 생일이나 성탄절 카드보다는 길었고 이런저런 상념이 깊게 담겨 있었다. A는 그때마다 편지만 쥐어주지 않고 작고 큰 선물을 같이 안겨주었다. 취업을 하면 이런 게 있으면 좋아, 아기 키울 땐 이런 게 필요하다더라, 하면서 나를 살뜰히도 챙기고 있었다. 나는, 얼굴이 붉어진다. 부끄러워서 혹은 미안해서 아니면 너무 고마워서.

돌이켜보면 나는 편지 쓰는 것을 아주 좋아하는 사람이지만, 내가 편지를 쓰는 건 대부분 때를 가리지 않는 경우가 많고, 주로 나의 감정에 심취해 마음대로 발신하는 게 대부분이었다. 생일 축하 메시지는 문자메시지로 대신할 때가 많았다. 이런 나와 대조적으로 A

는 변함없이 늘 그 자리에서 나를 살피고 있었다. 1년도 2년도 아니고 20여 년 동안. 어떤 생일이나 크리스마스는 함께 보냈지만, 그렇지 않을 때에도 A의 카드는 내게 전해졌다.

그렇게 25년이 내게 쌓였다. 멀든 가깝든, 성글든 빽빽하든 제자리를 지킬 수 있는 사랑! 나는 너무 친해서, 익숙해서 그 사랑을 발치에 두고도 보지 못했다. 얼굴과 목소리, 제스처…… A를 이루는 모든 것이 내게 익숙했다. 간혹 서로 긴 여행을 떠나거나 A가 해외에 거주할 때에도 달라질 건 없었다. A는 A였고, 익숙했고, 우리는 친한 사이였으니. 나는 태양이 저기에, 지구가 여기에, 달은 또 저기에 있는 매일처럼, 그 애를 당연하게 여겼는지도 모른다.

그런데 말이다, 익숙하다는 말과 친하다는 말이 유의어가 될 수는 있어도 동의어가 될 수는 없다. 익숙하다고 소중하지 않은 게 아닌데 왜 소중한 마음을 잊고 지냈지? 익숙하다고 막 대해도 되는 것도 아닌데 왜 다른 누구보다 편하게 대해버렸지? 나는 문득 익숙한 이 마음이 낯설어졌다. 그 애를 너무 자연스럽게, 당연하게 여겼던 어떤 날들이 너무 어리석어 보여 견딜 수 없다. 나는 거꾸로 누구보다 A를 낯설게, 미숙하게 대해야 하는 사람이었는데 그걸 몰랐다.

이 편지는 1998년에 A가 내게 쓴 편지다. A4용지에 색종이를 붙여 만든 편지지에 사인펜으로 썼다. 어떤 부분엔 내 이름이 '민체'로 잘못 적혀 있고, 어떤 곳에는 '민채'로 바로 쓰여 있다. '민체'라고 썼다가 그 위에 '민채'로 덧칠한 부분도 있다. 초등학교 4학년의 귀여운 솜씨와 실수에 웃음이 나 괜스레 편지를 다정한 손길로 매만져본다. 내가 보관하는 것 가운데 이 편지가 A에게 받은 첫 편지다. '즐겁고 보람 있는 겨울방학을 보내길 바란다'는 문장을 보니, 어린 A 역시 살뜰하기도 하다. 뒤에 쓰인 '더 친하게 지내길 바란다'는 말도 사랑스럽다. 1998년의 우리는 상상도 못했다. 그 뒤로 20여 년이 우리에게 덧붙어 곁에서 같이 성장하고 늙어갈 줄은.

삐뚤빼뚤한 글씨로 적힌 이 편지를 반복해서 펼쳤다 접으며 '익숙하다'라는 단어의 뜻을 곱씹는다. '처음' 대하지 않는 느낌. 20년이 넘도록 나를 각별히 지켜온 A를 더욱 사랑하는 방법, 바로 '처음'일지도 모르겠

다. 처음 만난 사람 대하듯 좀 더 예의바르게 한 걸음 먼
저 다가서기, 그 사람을 궁금해하기, 가까워질 수 있는
방법을 헤아려보기, 그 사람이 지금 처한 상황을 바쁘게
살피기, 좋으면 좋다고 말하기, 내게 당신이 얼마만큼
소중한 의미인지 이야기해주기, 곁을 지키며 세월을 쌓
되 익숙해지지만은 않기, 오늘이 처음인 것처럼 다시 웃
으며 시작하기.

그 사람을 궁금해하기,

가까워질 수 있는 방법을 헤아려보기,

당신이 얼마만큼 소중한지 이야기해주기,

오늘이 처음인 것처럼 다시 웃으며 시작하기.

"

8

널 위해,
우리를 위해
내가 할 수 있는 일은
너의 향기를 지켜주는 거야.

"

from A.

닮은 사람,
닮고 싶은 사람

　　A와 나는 닮은 사람이었다. 우리는 재수학원에서 만났다. '재수학원'이라고 해서 사람들이 상상하는 것만큼 대화도 없는 삭막한 곳은 아니었고, 고등학교와 거의 같았다. 공부하는 것과 별개로 다양한 감정의 비가 내리는 공간. 사랑하고 미워하는 일련의 마음이 자라고 커가는 시간이었다. 자연스레 반에서 가까이 지내는 친구들이 생기고, 그 과정에서 서로 질투하고 싸우면서 우정의 질서가 자리 잡았다. A와 나 역시 초반에는 다른 친구와 친했다가 여러 관계가 조금씩 조정되면서 서로를 자석처럼 끌어당겨 붙어버렸다.

　　우리는 서로 비슷하다고 생각할 수밖에 없었다. 그도 그럴 것이 좋아하는 게 많이 겹쳤기 때문이었다.

나와 A는 언어영역을 가르치는 선생님을 잘 따랐다. 언어 선생님은 재수학원에 어울리지 않게(이 또한 편견이다) 다소 감성적인 면모가 많았고, 종종 삼천포로 빠져 사람의 감정에 대한 사유를 나누곤 했다. 그게 불만인 학생도 있었지만 A와 나는 수업 때마다 선생님이 해주는 이야기에 유독 열렬히 고개를 끄덕이며 푹 빠져들었다. 정규수업 외에 진행되는 선생님의 특강도 매번 신청해 함께 들었다. 선생님이 뱉는 아름다운 말들이 사라질까봐 문제지 여백 여기저기에 메모하느라 바빴고, 우리끼리 주고받는 편지에도 그 문장들을 인용해 썼다.

세상을 대하는 방식도 말하는 방식도 비슷했다. 가벼운 쪽지 쓰기를 즐겼던 것이나, 때로 공부를 잊고 긴 편지를 쓰는 일에 심취한 것도 A와 나를 끈끈하게 묶어두었다. 내 편지 상자에는 A로부터 받은 편지가 많은데, 그중에서도 인상적인 것은 포스트잇에 쓰인 수많은 쪽지다. 한 장에 가볍게 쓰인 것도 있고, 쓰다 보니 깊고 길어져 포스트잇 너덧 장이 여러 겹 붙은 것도 있다. 그렇게 주고받은 글들이 스무 살 재수 시절 나를 버티게 했다. A의 말은 쉽게 붙고 쉽게 떨어지는 포스트잇 정도의 끈끈함으로 언제나 내 곁에 머물렀다. 가볍게 떼어낼 수도 있지만 손으로 접착 부분을 꾹꾹 누르면 내 마음에 찰싹 붙어 있던 그 말들.

　　이 편지는 우리가 함께 재수학원에서 공부하던 스무 살의 A가 썼다. 포스트잇 쪽지는 아니고 테두리를 손으로 찢어 꾸민 종이에 쓴 편지다. 이 편지에는 '비슷한 향기'에 대한 이야기가 등장한다. 어쩌면 우리 두 사람이 비슷한 향을 가졌기에, 다른 사람들이 보기에 우리는 어떤 면에서는 정말 닮아 있을 거라는 말. 우리는 서로의 향과 어울리고 뒤섞이며 취해갈 거라는, 늙어가고 닮아갈 거라는 말. 그리고 각자가 자기 향기를 잃지 않게 서로 그 향을 지켜주는 일이 중요하다는 말이 거침없이 펼쳐진다.

　　그때까지도 우리는 반 아이들끼리 일으키던 다양한 화학 작용에 반응했던 것 같다. 누가 누구와 친해지고, 그로 인해 누군가 속상해하고, 울고 달래며, 다시 누군가가 누구와 친해지는 과정에서 끙끙 앓았을 것이다. 그 속에서 A를 잃고 싶지 않았던 내가 아마 이전 편지에서 우리가 똑 닮았음을, 그 비슷함이 우리를 지켜내는 힘일 거라는 이야기를 썼던 듯하다.

실제로 나는 가끔 A를 '반쪽이'라고 여겼다. 그야말로 나와 같은, 나라는 한 사람을 반으로 똑 잘라내어 만든 또 다른 사람이라 느꼈다. 유독 그 애 앞에서 나는 말이 많아져 조잘거렸고, 웃음이 넘쳐 평소에 못하던 유머를 던졌다. 내 안에서 전전긍긍할 고민들도 어렵지 않게 마음을 터놓고 얘기할 수 있었다. 미래도 쉽게 그렸고, 지난날도 훌훌 풀어냈다. A와 함께일 때면 내 안에 감춰진 무언가가 자주 끌어올려졌고, 거기서 또 다른 나를 발견했다. 나는 진실해졌다. 투명에 가까워졌다. 나를 그렇게 만드는 사람은 A가 유일했다.

A를 생각하면 재수학원 옥상에서 그 애가 나를 안고 빙글빙글 돌려주던 장면이 떠오른다. 안긴 채 빙빙 돌다보면 어린애처럼 웃음을 멈출 수 없었다. 전에 없던 에너지가 내게로 오곤 했다. '자주 웃어서 재밌었고 행복했던 스무 살 재수 시절'이라 하면 어쩐지 앞뒤가 맞지 않는 듯해 이상하다. 그 이상함은 순전히 A 때문에 생긴 일이다.

그런데 십 년이 넘어 다시 편지를 읽자니, A는 진작 알고 있었던 것 같다. '어떤 면에서 우리가 닮았다'는 말은 우리가 다르다는 말일 테고, '각자의 향을 잃지 않기 위해 노력해야 한다는 것'은 너와 내가 다르고 고유할 때 우리가 더 사랑할 수 있음을 뜻했을 것이다. 지금껏 사람들이 가까워지는 건 비슷하거나 닮은 사람에게 편안함을 느끼기 때문이라고 철석같이 믿어왔는데, A의 편지를 되새겨보면 우리는 이미 꼭 닮아 있는 사람보다 '앞으로 닮고 싶은 사람'에게 끌리는 건지도 모르겠다. 한 사람의 고유함, 나와 가장 다른 부분의 아름다움! 우리는 용감하게도, 잘 알지 못하는 다름의 세상으로 몸을 던지는 것이다! 그야말로 자석처럼 다른 극에 끌려가는 일.

　　나는 늘 밝고 에너지 넘치는 A를 닮고 싶었다. 그것이 나와 A의 가장 '다른' 부분임을 알고 있었다. 다르지만, 그렇게 살아보고 싶어서, 그 애를 닮고 싶어서, 한 발짝 가까이 갈 수 있었는지도 모른다. 나는 A가 탐났고 갖고 싶었다. 그 애의 가장 반짝이고 빛나는 부분을 조금 떼어내 내 안에 심고 싶었다. 아마 A 역시 나의 어떤 '다른' 면을 자신에게로 물들여갔을 것이다.

　　나는 당신이 되어가고 당신은 내가 되어가는 꿈을 꾼다. 그 꿈을 꾸는 동안 우리는 정말 닮은 사람이 되어간다. 그 '닮음'은 서로를 가장 갈망했던 그때를 증명한다. 달라서 끌렸던, 가장 희구했던 면면을 향해 손을 뻗었던 그때. 나는 당신 쪽으로 한 걸음 더 내딛는다. 그리고 당신이 고개를 돌려 내 쪽으로 한 걸음 내딛으면, 우리는 가까워진다. 마침내 꿈을 꾸기 시작한다. 진실해진다. 투명해진다.

우리는 꼭 닮아 있는 사람보다

'앞으로 닮고 싶은 사람'에게

끌리는 건지도 모른다.

한 사람의 고유함,

나와 가장 다른 부분의 아름다움!

우리는 용감하게도,

잘 알지 못하는 다름의 세상으로

몸을 던지는 것이다.

"

9

나는 다른 사람이 되어 있을까.
그 후의 내가 너무나도 궁금해.
그때 얘기해줄게.

"

from A.

제발
사랑해달라는
말

　　김이강의 시집 『당신 집에서 잘 수 있나요?』를
읽을 때면 편지를 받은 기분이 든다. 요즘 나는 이런데
너는 어떤지, 물음을 던지는 편지. 지난밤의 이야기까지
몽땅 꺼내어 미주알고주알 고백해버리고 마는 일. 그가
꺼내어놓은 편지를 정성껏 읽다보면, 나는 사랑이 무엇
인지에 대해 곱씹게 된다. 어쩌면 사랑은 질문하고 싶은
마음, 거꾸로 말해 '당신도 나를 궁금해했으면' 하는 기
대감이 아닐까? 아직 오지 않은 질문에 끝없이 답하는
일. 그게 사랑이다.

　　A는 내가 살며 가장 많은 편지를 써서 보낸 사
람 중 하나다. 축하할 일도 위로할 일도 없는 평범하고
시시한 날들에 편지를 썼다. 아주 오랫동안 깊은 밤 내

내 계속된 일이었다. A를 생각하기, 쓰기. 특별한 목적이 없는 편지들에 아마 그는 궁금해하지 않았을지도 모르는 나의 안부를 전하곤 했다. 매일같이 얼굴을 보면서도 너의 안녕을 물었다. 나의 오늘은 어땠고, 내 꿈이나 가치관은 무언지, 무엇이 나를 즐겁게 하고 두렵게 만드는지, 미래 혹은 과거 따위에 대해 시시콜콜 적다 보면 늘 종이가 부족했다.

그게 사랑이었다. 열렬하고도 온순한 짝사랑. 비어 있던 종이를 빽빽하게 채워가며, 제발 나를 사랑해달라고 마음을 구하는 일. 나를 궁금해해줘, 내게 질문을 던져줘, 내 물음에 답해줘. 이미 지나간 시간을 고백하는 게임 같은 걸 한다면, 나는 당당하게 말할 것이다. 오랜 날, 그를 사랑했노라고. 물에 빠진 이를 구해야 하는 (바보 같은) 상상을 할 때면, 내가 죽어서라도 살리고 싶다는 마음이 들었던 건 A 한 사람뿐이었다고.

그러나 그 사랑이란 맹렬히 입 맞추고픈 사랑이 아니라 그저 동그래진 등을 어루만져주고 싶은 사랑. 마주 끌어안고 욕망하는 사랑이 아니라 커다란 품으로 작은 품을 포개어 안아 그를 숨겨 온기를 나누고픈 사랑.

손을 잡고 세상을 활보하는 사랑이 아니라 새벽녘 어깨를 나란히 하고 가만 앉아 있는 사랑. 좋아하는 점이 무엇인지 신이 나서 말하는 사랑이 아니라 사람들이 미워하는 점을 아무렇지 않게 가슴에 담아두는 사랑. 사랑, 온 바다를 삼킬 듯한 맹렬한 파도 말고 잔물결처럼 매 순간 얕고 잦게 진동하는 사랑!

이 편지는 유럽으로 한 달 정도 여행을 떠났던 A가 떠나기 직전 쓴 것이다. 먼 곳으로의 여행을 앞두고 설렘보다는 불안감이 담겨 있다. 그러나 긴 여행을 통해 만나게 될 또 다른 자신에 대한 기대가 뒤범벅된 글이기도 하다. 여행을 통해 '자신이 어떻게 변해 있을까' 하는 궁금함이 기분 좋은 긴장감으로 흐르고 있다. 과연 그 여행은 A의 삶을 어떻게 바꿀까. 그는 정말 조금은 다른 사람이 될까? 그것은 A가 스스로에게 던지는 질문이었지만 곧 나의 질문이기도 했다.

그 시절 우리는 내가 누구인지 혹은 무엇이 될지에 골몰했다. 여행이란 그 답을 찾는 과정이었고, 누군가가 되어가는 것이었다. 인생을 살아가며 마주치는 작거나 큰 전환점, 방향을 바꾸어 다른 사람이 되어가는 변곡

점. 그것에 대해 우리는 묻고 답했다. 그의 바람 혹은 우려처럼 우리는 떠나고 돌아옴으로써 달라질 게 분명했다. 그 이동과 전환을 함께 고민하는 것이, 삶에 대해 묻고 답하는 것이 그때 내가 A를 사랑하는 방식이었다. 나의 여행처럼, 내 인생처럼, A의 일부가 되어 살았다.

A는 그 여행에서 돌아오면, 자신이 마주한 답을 이야기해주겠노라 약속했지만, 여태껏 나는 그 결론을 듣지 못했다. 어쩌면 그는 아직도 여행 중인지도 모른다. A는 종종 멀리 걸어갔으니까. 나는 자주 궁금해하며 기다렸지만 대답을 얻는 데에는 실패했다. 그리고 A에게 편지를 쓰지 않게 되었다. 끝도 없이 질문을 던지는 마음이 그친 것, 나의 안부를 궁금해해주기를 바라는 마음이 멈추어버린 것. 기나긴 밤 마음 졸이던 짝사랑이 끝난 것이다.

김이강의 시집에는 여러 '나'와 '너'가 존재한다. 여러 날 우리가 주고받았던 편지 또한 그러하다. 너를 알고 싶어 하는 내가 너에게 묻고, 네가 나를 알아주기를 바라며 너에게 나를 전하던 시간. 돌이켜보면 우정과 사랑은 늘 너와 나 두 사람 사이의 사소한 질문에서

시작되곤 했다. 그리하여 나는 문득 멀리 가버린 너에게
묻는다. 편지를 띄운다. 오늘 너는 안녕하냐고, 나는 괜
찮다고 안부를 전한다.

10

"

언니의 새로운 시작을 응원하며,
내년은 행복한 순간이
조금 더 자주
찾아오기를 바라며.

"

from A.

이게 다예요,
메리 크리스마스

　　'사랑을 배우다'라는 말은 대중가요 가사에 종종 등장할 만큼 흔하게 쓰이지만, 사랑은 정말 배울 수 있을까? 사람을 만나 사랑하고 사랑받으며, 사랑을 배웠다는 생각은 해본 적 없었다. 사랑은 가르치고 배우는 것이 아니라 본디 타고난 그만큼의 능력과 영역이라 믿었고, 굳이 그것을 가르치거나 배울 수 있다면 나는 늘 가르쳐주는 쪽에 가깝지 않을까 여겼던 탓이다(오만하기도 하지!).

　　자그마한 두 아이를 키우며, 사랑을 곱씹는다. 어느 날 문득 보니, 아기들로부터 사랑을 배우고 있었다. 정확히는 사랑 자체가 무엇인지 깨닫는 배움은 아니고, 사랑을 표현하는 법을 배우고, 사랑을 나누는 방법을 배우고, 사랑을 키우는 방식을 배우는 중이었다. 사랑을 배운다는 말은 사랑의 정의나 의미를 배운다는 게 아니라, 그것을 잘 가꾸고 지키는 태도를 배운다는 뜻이었다.

내가 얼마만큼의 사랑을 품고 나누었다면, 그 사랑은 온전히 나에게서 만들어진 게 아니라, 그걸 내게 알려주고 전해준 사람도 있었을 것이다. 까맣게도 모른 채, 나는 사랑이 넘쳐서 늘 사랑을 주는 편이라고 거만하게 주장해왔지만 말이다. 분명 내게 사랑을 가르친 사람들이 있었다. 잘 가꾸고 잃어버리거나 잊어버리지 않도록.

내게는 친한 언니오빠는 적었지만 친한 동생들이 많았다. 나이가 조금이라도 많은 이들에게는 농담 한 마디 못 건네며 경직되지만, 어린 친구들에게는 헤헤거리며 나사를 한두 개쯤 풀어두고 웃는 성미 탓이었다. A도 한참 어린 후배다. 그 애는 "민채 언니!" 하고 나를 부르며 병아리처럼 내 뒤를 쫓아다녔다. 작고 귀여운 종종걸음으로 뒤따르는 그 애 때문에 이따금 어미새가 되어버리곤 했다.

보통은 시간이 조금만 흐르면 나는 동생들을 그 냥 동년배처럼 여기고 대했는데, A만은 유독 그렇지 않았다. 그 애는 계속 병아리 같았다. 한결같이 내 뒤를 따라다녔고, 걸음이 작았고, 삐약거렸다. A를 품고 지켜야 할 것 같았고, 모르는 게 있으면 이것저것 가르쳐주고 싶었다. A가 안 해본 일이 있다면 손을 이끌고 가서 함께 그 일을 했다. 시간이 없어서, 자신이 없어서, 세상에 존재하는 줄 몰라서 해보지 못했던 다양한 일들을 해봤다. 우리의 배경은 밤거리가 되고, 콘서트장이 되고, 맥줏집이 되고, 강변이 됐다. A는 곧잘 웃었다. 나로 인해 새롭게 경험한 일들로 기뻐했고 그 순간들을 좋아하게 되었노라 말해주었다. 그래서였을까, 나는 정말 뭐라도 된 듯한 기분에 사로잡혔다.

이 편지는 얇은 동화책 안쪽에 쓰인 글이다. A가 어느 해 크리스마스 아침에 주고 갔다. 딱히 만날 약속이 있었던 것은 아닌데, 전날 밤이었는지 당일 아침이었는지 아무튼 내게 연락하더니 집 근처까지 찾아왔다. "언니, 메리 크리스마스!" 하며 그 책과 선물을 쥐어주고 갔다. 그게 다였다. 다른 용건은 없었고, 메리 크리스마스가 전부였다. 자취방에서 다른 친구와 함께 크리스마스이브 밤을 새우고 느지막이 아침을 시작하던 차였기에, 친구만 집에 둔 채 부랴부랴 채비하여 나온 상황을 생각하면 조금 김이 빠졌다. 메리 크리스마스라니.

나는 늘 뭐라도 된 것처럼 A를 가르치려 들었지만, 정작 나를 가르친 건 A였다. 그 애가 가르쳐준 건 사랑이었다. 나는 A에게서 사랑을 배웠다. 크리스마스 날도 몰랐고, 다음 해 크리스마스에도 또 몇 년째 찾아오는 크리스마스에도 몰랐지만, 그날 그 애가 내게 사랑을 건네주고 갔었다는 사실을 불현듯 알았다. 아기들을 돌보다 문득 그날 아침이 떠올랐다. 사랑이야. 그게 사랑을 가꾸고 지키는 방법이야. 크리스마스 아침, 한 해의 끝자락에서 떠오른 이에게 찾아가 편지와 함께 작은 선물을 건네는 일. 오늘 치 행복을 바라주는 것이 전부인 일. 상대가 귀찮을까봐 그가 사는 곳 가까이 시간을 내어 찾아오는 일. 수고로움을 마다하지 않기. 애를 써서 얼굴을 보러 오기. 기분 좋은 표정과 목소리 나누어주기.

그 편지에는 "좋은 언니가 되어주어 고맙다"는 내용이 담겨 있지만, 내가 정말 좋은 언니인지 자신이 없어졌다. 이따금 나는 아무것도 아니었고 아무것도 몰랐다. 가르치는 사람인 줄 알았는데 배우는 사람이었다. 그걸 깨달은 뒤부터 A가 더 이상 작고 보송보송한 병아리처럼 느껴지지 않았다. 그 애는 아주아주 커다래졌고 또 단단해졌다. 지난날 그 애가 내게 주었던 모든 말과 마음이, 나를 지탱하고 있음에 감사했다. 일순 A의 용감하고 강인한 면면이 더 멋져 보였고 대단하게 느껴졌다. 내게 사랑을 소중히 대하는 법을 알려준 사람.

어느 해 크리스마스가 다가오면, A에게 먼저 연락해야지. 사는 곳 가까이 찾아가서, 인사하고 선물을 건네야지. 그 외에 다른 용건은 없이, 그저 해사한 얼굴로 이렇게. "A, 메리 크리스마스!"

11

"

이 아이의 얼굴에서
절대 웃음이 떠나지 않게
해주세요.

"

from A.

더 이상
존재하지 않는
시간

〈윤희에게〉는 편지로 움직이는 영화다. 윤희에게 도착한 편지 한 통. 그 편지를 몰래 읽은 윤희의 딸 새봄이 편지가 발신된 곳으로 여행을 떠나자고 제안하며 두 사람은 일본의 작은 도시 오타루로 향한다. 눈이 새하얗게 얼어붙은 오타루에서의 여정을 통해 윤희의 마음은 조금씩 녹아내리고, 그의 비밀스러운 과거가 조금씩 드러난다.

윤희 앞으로 도착한 편지는 쓴 사람도 모르는 사이 윤희에게 보내졌다. 망설이는 이를 대신해 다른 이가 편지를 발송한 것이다. 조금 귀엽고 웃음이 나는 설정이지만, 내 마음은 그 대목에 잠시 멈췄다. 누군가 망설이는 나를 대신해서 편지를 부쳐준다면, 그 편지가 도착함으로써 수신인과 재회할 수 있다면, 다시 꼭 만나고 싶은 사람이 있기 때문이다.

A는 나와 절친한 사이였다. 고등학교에서 처음 만나 순식간에 친해진 우리 사이에는 무수한 말과 글이 쌓였다. 학교에서 종일 함께 있었음에도 주말이면 서로의 집으로 놀러갔고, 매일같이 서로에게 편지를 띄웠으며, 교환 일기장을 만들어 일기를 주고받았다. 말하고 또 말해도, 쓰고 또 써도, 말과 글이 화수분처럼 샘솟았다. 그 말과 글이 자주 가슴을 덥혔다. 나는 정말 A를 좋아했다.

A와 멀어진 것은 한순간이었다. 질투 때문이었다. 그때의 나는 A가 가장 좋아하는 사람이 당연히 나일 것이라고 생각했다. 어리석게도, 누군가 나를 좋아한다면 우선순위의 최상위 역시 내가 되어야 한다고 믿었다. A가 즐거움 혹은 슬픔 따위를 남과 나눈다면 내게 제일 먼저 달려와야 한다고, A가 100만큼의 시간과 마음을 가졌다면 오롯이 100을 나에게 써주어야 한다고 여겼다. 그래서 A가 자신의 생일날 다른 친구들과 만나기로 먼저 약속을 잡았을 때, 나는 쓸데없이 과하고 과장된

질투에 휩싸였다. '어떻게 다른 친구들과 생일 약속을 잡지? 나는 뭐지? 내가 전부가 아닌가?'

정제되지 않은 날카로운 글이 그를 향해 쏟아졌다. 말 대신 글이 먼저 달려갔다. 당시 유행하던 싸이월드 방명록에 나는 어떤 언어를 쏟아냈다. 내가 얼마나 서운했고 화가 났는지를 티내고 싶었던 모난 마음이 두서없이 두드려 쓴 글. 그 글 때문에 A는 깊게 상처를 받았던 것 같다. 그날 이후, 나는 A와 마주해 이야기를 나눌 수 없었다. A는 나를 피했고, 다시 한 번 어리석게도, 나 역시 A를 피했기 때문이다. 내 글이 얼마나 뾰족한 화살로 날아갔는지를 직감했던 거다. 만나서 말로 마음을 나눌 수 있을 때까지 하루만 기다렸다면 얼마나 좋았을까. 꼭 그날 밤 글을 남겨야 했다면 A가 되어 마음을 헤아리고 조심스러운 언어를 사용했다면 얼마나 좋았을까…… 두고두고 후회했지만 소용없는 일이었다.

더더욱 어리석게도, 그 이후로 나는 A에게 연락하며 용서를 구했다. 나를 용서해줘, 놀이터에서 기다릴게, 얼굴 보고 이야기하자, 제발 나를 용서해줘. 답장이 오지 않는 문자메시지를 여럿 남겼다. 그때의 나는 쉽게

'용서'를 이야기했지만, 십 대를 지나 이십 대를 거치고서야 겨우 알게 된 사실이 있었다. 용서라는 말은 그것을 받을 이가 꺼낼 수 있는 게 아니라는 사실이었다. 내가 용서를 말한 건 교만이었다. A가 여전히 나를 좋아하고 최우선으로 여겨줄 거라는 오만한 마음. 그러니 금세 내게로 돌아와 이전처럼 지낼 수 있을 거라는 거만한 판단. 그러나 용서란, 오직 용서를 해주는 이만이 꺼낼 수 있는 말이었다.

이 편지는 그 시절 A와 내가 가장 가까웠던 어느 날 A로부터 받은 것이다. 아마 벽걸이 달력의 일부였던 듯한 커다란 사진 뒷면에 쓰인 편지에는 앞으로 함께 해보고 싶은 일들이 버킷리스트처럼 적혀 있다. 암스테르담 가보기, 바다에 가서 밤을 새우고 돌아오기, 둘이서만 술에 찌들어보기…… '죽기 전에 하고 싶은 일'처럼 거창하지는 않지만, 두 사람이 성인이 되고 시간을 쌓았다면 차근차근 이루어냈을 법한 사소하고 소소한 바람이다. 하지만 단 하나도 함께 이룬 일이 없다. 우리의 시간은 그 시절에 멈추었기 때문이다. 별것 아니지만 서로를 웃음 짓게 하던 소망 앞에서, 더 이상 시간은 존재하지 않았다.

한 사람의 사랑을 독차지할 수 있을 거라 믿었던 어리석음이 그 시절 나에게 있었다. 그러나 삶은, 독점할 수 없는 사랑의 속성을 배워가는 과정이다. 그 사실을 깨닫기까지 얼마나 오랜 시간이 걸렸나. 그럼에도 뾰족한 글들을 마구 쏟아내던 그 밤과, 오만으로 가득 찬 문자메시지를 보내던 날들을 자꾸 되새김하는 건 왜일까. 편지를 써도 부쳐줄 사람 없고, 어리석게도 다시 용서를 구하는 편지를 쓸 수밖에 없으면서 왜. 여전히 오만하게도, 그 아이가 나를 추억해주고 아직도 조금은 나를 좋아해줄 거라는 희망은, 우연히 나를 다시 마주해 말과 글을 나누어줄 거라는 망상은 왜 이렇게 나를 따라다니는 걸까. 어쩌면 그날 밤 이후 조금도 자라지 못한 나의 작고 옹졸한 마음을 어떻게 해야 할까.

"

12

네가 괜찮다면,
너만 괜찮다면,
이곳에 오도록 해.
같이 걸어보는 것도
괜찮을 거야.

"

from A.

이미 오래전에
잃어버린 것

아끼던 모자를 잃어버렸다. 하루 종일 잃어버린 줄도 모르고 있었으니, 그게 진정 아끼던 것이 맞는지 스스로에게 묻고서야 모자를 가지고 있던 마지막 순간이 언제인지를 되짚어본다. 집을 나서 길을 걸을 때, 카페에 앉아 있을 때, 버스에서 내리기 전…… 언제가 마지막인지는 도저히 알 길이 없다. 모자를 잃어버렸다는 사실을 '문득' 알아채고서야, 온종일 모자를 생각하고 있는 셈이었다. 그렇게 좋아하던 모자를 대체 어디에 흘린 걸까? 마음이 아파온다. 그제야 안다. 아, 나는 그걸 영영 잃어버린 거구나.

잃어버린 모자 때문에 이제 와서 나는 A에게 미안하다는 말을 건네고 싶어졌다. 이미 오래전에 당신에게 이별을 고하고서, 문득 당신에게 마음이 쏠려 지난날을 곱씹고 있으니 말이다. 내가 이렇게 A와의 이별에 사로잡히고 만 까닭은, 뒤늦게야 당신을 잃어버렸다는 사실을 알아챘기 때문이며, 그동안은 잃어버린 줄도 까막 모르고 지냈기 때문이며, 잃어버린 줄도 몰랐을 만큼 내가 둔감했다는 사실을 알게 됐기 때문이며, 당신이 내게 있던 마지막 순간까지 최선을 다하지 않았음을 돌아보게 됐기 때문이다.

．

내가 최선을 다하지 않은 건 그 순간이 마지막이 되리라는 걸 알지 못했기 때문이 아니라(마지막이 아니라고 해서 최선을 다하지 않아도 되는 건 아니니까), 당신을 진정으로 아끼지 못했기 때문이다. 이별을 앞두고 얼마간 나는 그 사실을 어렴풋 느꼈지만 모르는 척했다. 당신을 진정 아낀다고 믿는 내 마음에 속아줬다. 내가 모르는 척 속아 넘어가면, 당신도 그렇게 될 줄 알았으니까.

이 편지는 이별했던 A가 내게 썼다. 내가 그에게 일방적으로 쓴 편지에 답장을 보낸 것이었다. 우리는 제주와 파주에서 편지를 한 통씩 주고받았다. 그에게 편지를 쓰기 며칠 전, 제주도로 출장을 갔던 나는 일정을 모두 마치고 동행했던 사진작가와 함께 공항을 향해 가고 있었다. 해안을 따라 쭉 드라이브하듯 차를 몰던 때였다. 운전을 하던 사진작가가 갑자기 외쳤다.

"와~ 저기 너무 멋져요! 우리 저기 보이는 카페에서 커피라도 한잔 마시고 갈까요?"

바다와 마주 보고 서 있는 건물. 간판을 보니 카페와 게스트하우스를 함께 영업하고 있었다. 주차할 자리를 가늠하며 서서히 속도를 줄였다. 건물 앞에 차가 멈추고 사진작가의 표정이 약간 상기되었을 때, 시간을 계산하던 내가 말했다.

"아무래도 차 마실 시간은 안 될 것 같아요. 렌터카 반납하고 비행기 타려면."

시동을 끄려던 작가는 그대로 다시 차를 몰았다. 서울에 복귀하기 위해 우리는 서둘렀다. 아쉬웠지만 어쩔 수 없었다.

서울에 돌아온 나는 어딘가 이상한 느낌을 받았다. 제주에서 들어가려 했던 그 카페의 이름이 어쩐지 낯이 익었기 때문이었다. 곰곰 머리를 굴려보니 생각났다. 그곳은 헤어진 A가 일하는 카페였다. 당시 여러 친구들로 얽어 있던 탓에 A의 소식은 어떤 식으로든 종종 접하게 됐었는데, A가 제주에 머물며 거기에서 일하고 있다고 했었다. 출장의 고단함이 채 가시기도 전, 나를 뒤쫓는 무수한 상상의 몸집에 눌려 힘이 쭉 빠져버렸다. '만약에'로 시작하는 상상들. 만약에 그때 내가 그 카페에 들어갔다면. 만약에 그곳에서 그렇게 그와 마주쳤다면. 만약에…….

　며칠 뒤, 그 '만약에' 때문에 나는 헤어진 A에게 편지를 썼다. 우연히 마주했을지도 몰랐던 그날에 대해 썼다. 그런데 나는, 도대체 무슨 말을 하고 싶었던 걸까? 헤어진 사람에게. "우리가 아주 우연히 만날 뻔했어. 코앞까지 갔었다니까. 너무 신기하지 않아?" 어쩌면 이렇게 신이 나서 조잘거렸던 것은 아닐까. 대화를 원치 않았던 이에게 무턱대고 말을 걸었던 건 아니었을까. 여러 친구들과 얽힌 인연 때문에 실감하지 못하고 지냈던 게 아닐까. 영영 헤어진 줄도 모르고, 아직도 곁에 있는 사람인 줄 알고. 나는 수다스럽게 편지를 써내려갔던 거다. 아주 일방적으로 무례한 '나'라는 사람은 다시 사귀고 싶었던 것도 아니면서, 그리웠다는 말을 전하고 싶었던 것도 아니면서 왜 그런 편지를 띄웠을까. 미련이나 갈망도 아닌, 안부조차 될 수 없는 부끄러운 편지.

　　그런데 고맙게도 A는 답장을 주었다. 그때 내 들뜬 감정을 여유롭게 받아준 다정한 편지였다. 그의 말은 나를 쫓아오던 '만약에'를 순식간에 물리쳤다. 내가 그를 필요로 한다면, 우연 때문이 아니라 다시 한 번 얼굴을 보고 싶다면, 언제든 찾아오라는 말은 사려 깊었다. 나는 답장하지 않았다. 두 번 다시 그에게 연락하지 않았다. 그제야 문득 알았기 때문이었다. 이미 오래전에 그를 영원히 잃었음을. 서로를 자꾸 알아차리게 만드는 약한 연결을 모두 끊어내야 함을.

　　잃어버린 모자는 어디로 갔을까? 내가 아끼던 그 모자는, 아니 내가 끝까지 아꼈다 믿었던 그 모자는. 아꼈던 모자를 생각하며 마음속으로 조그마하게 미안하다는 인사를 전해본다. 너무 작아서 당신께 보이지 않을지도 모르겠지만, 이 작은 미안함을 가슴 깊이 심어두기로 했다. 오래전 잃어버린 너에게 미안해. 내가 너를 잃어버렸어. 그조차 모를 만큼 둔감했어. 마지막까지 최선을 다하지 않았어. 미안해.

"

13

언제나 지금처럼 건강하길
따뜻한 사람이길
웃는 사람이길
바라며.

"

from A.

받기만 하는
사람

　　이사를 앞둘 때면 오래된 물건을 꺼내어 한참 뒤적거린다. 친구들이 수업 시간에 남긴 쪽지부터 학창 시절 스크랩한 모 프로게이머의 신문기사며 동아리 행사 홍보용 포스터까지, 온갖 자질구레한 것들을 다 이고 사는 내게 미니멀리즘 같은 라이프 스타일은 멀기만 하다. 그저 조금이라도 가벼워지자며 이사를 구실로 가진 것들을 (쥐똥만큼) 비워보는 시도다.

　　이번에야말로 많은 물건을 버리겠노라 작정하고 버릴 것과 버리지 않을 것을 나눈다. 누구로부터 받은 물건인지, 그 안에 어떤 추억이 담겨 있는지, 지금의 나는 과연 그것을 버릴 수 있을지 한참을 살핀다. 그러다 보면 혼자만의 추억 여행에 빠지기 십상이라, 한 번

자리에 앉으면 몇 시간쯤 넉넉하게 시간을 두고 물건을 정리해야 한다.

어떤 물건에는 편지가 남아 있다. 어느 시집의 앞면지에 적힌 편지다. 생일을 맞은 나를 향해 발신된 그 메시지는 A의 손 글씨로 쓰였고, 면지 한 장을 가득 채우고 있다. 연필로 쓰여서 지우개에는 약하고, 빗물에는 강한 말들. 고의가 없다면 지워지지 않을.

이 책을 선물 받았던 때에는 미처 알아차리지 못한 마음이 고스란히 보인다. 사랑한다는 단어는 단 하나도 없었지만, 아, 당신 나를 사랑하고 있었구나. 내가 알아차리지 못하는 사이, 나를 걱정하고 떠올리고 나를 향해 웃어주었구나. 어쩌면 내가 그 마음을 알아채주기를 기다리고 있었는지도 모르겠다. 내가 당신을 바라보고 마침내 눈이 마주치는 그 순간이 오기를.

알지 못했다. 긴 시간을 건너뛰어 찾아낸 물건에 적힌 당신의 마음이 무엇인지 이제야 읽는다. 그 말을 읽고도 몰랐으니 그에게 나는 지독한 까막눈이였을 테다. 긴 시간 이렇게나 나를 아껴주었는데 어떻게 모를 수 있었을까.

주변 사람들에겐 미안하지만, 또 이렇게 이야기하는 것도 참 뻔뻔하지만 나는 늘 받는 데 익숙한 사람이었다(이 사실을 이렇게 당당하게 말한다는 점만 봐도 내가 얼마나 나쁜 인간인지 알 수 있다). 이를테면 나는 서른이 넘은 지금도 친구 사귀는 법을 모른다. 여태껏 사귄 친구들이 모두 먼저 다가와주었기 때문이다. 도망가지 않고 여기에 서 있으면 늘 누군가가 곁에 다가왔기에 외로움도 몰랐다.

친구들에게 먼저 연락이 왔다. 그래서 '연락을 먼저 하지 않는 것'이 그냥 내 성격이라고 말할 만큼 관계에 무지했다. 한 살씩 먹고 보니 그런 태도가 얼마나 상대에게 상처를 주는지 알았다. 이제는 한 번씩은 먼저 소식을 전하고 새로운 이야기를 꺼내보려고 노력한다. 내가 원래 그런 사람인 게 아니라 부족하고 잘 몰라서 나쁘게 행동했음을 받아들인다.

먼저 잔뜩 내어주지는 못해도 받은 만큼은 꼭 돌려주어야지 다짐한다. 나는 해준 게 없다고 생각하는

데, 사람들은 자꾸 나를 먹이고 입히고 웃게 만들고 살뜰히도 챙겼다. 나조차 잊고 있던 소식을 되묻고, 안부를 전하고, 어떤 날엔 말간 얼굴로 찾아와서는 선물까지 안기고 가버렸다. 나는 아무것도 해준 게 없는데, 하고 쭈뼛거리면서 또 웃는 얼굴로 넙죽 그 마음들을 주워 담았다. 꿀꺽 잘도 소화시켜 세상에 맞서는 근육을 키우고 마음을 단련했다.

지금껏 이토록 건강하게 잘 먹고 잘 사는 것도 전부 주변 사람들 덕분이다. 내가 잘한 건 아무것도 없다. 하여 가끔은 살아가며 받는 저 큰 사랑을 어떻게 다 갚고 죽어야 할지 막막해진다. 미안한 마음에 나는 그들에게 무엇을 주고 있나 자꾸 곱씹는다. 쑥스럽지만 아직도 잘 모르겠다. 물건을 선물 받았다고 해서 그 값어치만큼의 물건을 돌려주는 게 전부는 아닐 테고, 그렇다고 말로만 고맙다며 마음을 표현하는 것이 전부도 아닐 테다. 그러면 그 중간쯤이면 어떨까 얼버무리는 건 하나 마나한 말이다. 어찌 과연 저 큰 사랑에 보답할 수 있을까.

어쩌면 누군가는 그 점 때문에 나와 이별했을 것이다. 점차 거리를 두고 연락을 끊었을 거다. 아무리

내어주어도 알아차리지 못해 속이 상해서. 사랑한다고 외쳐도 아무것도 모르는 표정으로 제 갈 길을 가버려서. 그런 게 사랑이라면 너무 아파서. 언젠가 내가 주변을 살피고 한 번쯤은 먼저 성큼 한 걸음 그들에게 다가와주기를 기다렸을지도 모른다. 그러다 너무 오래 기다려서, 그들은 나를 떠났을 거다.

어리석은 나는 오래된 물건들을 꺼냈다가 거기에서 당신의 행간을 읽는다. 그때는 보지 못했지만 지금 보이는 마음에 짐짓 놀란다. 아, 그때 이 사람이 나를 참 많이 좋아했구나. 나를 사랑해주었구나. 나 아프지 않고 걱정 없이 보냈던 날들에 나를 지켜주던 당신의 마음이 있었구나. 뒤늦게 고마운 마음에 미소 짓는다.

웃다 정신을 차려보면 이번에도 역시 이 물건들을 버리는 데 실패한 것 같다. 결국 어느 하나 버리지 못하고 주워 담은 사랑만 양손에 가득하다. 어떤 물건이나 편지는 사진을 찍어 오랜 친구에게 보내기도 하고, 추억에 빠진 김에 잡동사니에서 발견한 귀여운 편지지에 편지를 쓰기도 한다. 그 속에 차곡차곡 넣어둘 마음은 오직 하나뿐.

이렇게 매정하고 사랑에 무지한 나를 아껴주어서 고마워. 그때도 당신의 사랑이 나를 웃게 했을 거야. 까막눈이인 나는 헤아리지 못했던 행간의 마음이 나를 살게 했어.

오래된 물건들을 꺼냈다가

거기에서 당신의 행간을 읽는다.

그때 이 사람이 나를 참 많이 좋아했구나.

나 아프지 않고 걱정 없이 보냈던 날들에

나를 지켜주던 당신의 마음이 있었구나.

"

14

서로에게 부족한 부분을
조금씩 채우고 메꾸면서
지내왔기 때문이라는
생각도 함께.

"

from A.

자라나는
사이

처음으로 해외로 여행을 가본 건 스물한 살 여름이었다. 서유럽 10개 국가를 한 달 동안 일주하는 여행이었다. 첫 해외여행인 만큼 겁이 많이 났다. 자연스럽게 오래된 친구와 함께 떠나는 쪽을 택했다. 한동네에서 같은 초등학교, 중학교, 고등학교를 졸업한 A와는 중간 중간 멀었던 때도 있었지만, 함께 나라 밖으로 떠날만큼 마음을 나누어온 사이임은 분명했다.

"A야, 손 잡아줘." 마침내 난생처음 비행기를 타고 이륙하던 때, 나는 눈을 질끈 감고 A의 손을 잡았다. 이륙하는 마당에 나는 왜 이런 여행을 가겠다고 한 건지 수도 없이 후회했다. 무서웠다. 돌이킬 수만 있다면 지금이라도 안 간다고 외치고 싶었다. 옆에 그 애가 있어서 정말 다행이었다.

　여행은 순조로웠지만, 동시에 괴로웠다. A와 나, 우리 두 사람이 아주 다른 사람이었기 때문이었다. 그건 함께 여행을 떠나보기 전까지는 절대 알 수 없었던 사실이었다. 십 년 넘게 알고 지낸 우리였지만, 서로가 너무 낯설었다.

　이를테면 이런 식이었다. 여행 중 나는 즉흥적인 면이 많았고, A는 계획을 따르는 것을 좋아했다. 어느 미술관을 향해 가던 길, 다리 아래에서 기타를 연주하는 한 뮤지션이 있었다. 나는 잠시 앉아 기타 연주를 듣고 가자고 했고, A는 듣지 말고 원래 일정대로 바로 미술관에 가자고 했다. 일행이 찢어지지 않기 위해서는 둘 중 한 사람은 뜻을 굽혀야 했고, 그런 사소한 충돌이 잦게 일었다. 그런데도 둘 다 겁이 났는지, 따로 다니자는 말은 차마 하지 못하고 그런 상태로 한 달을 꼬박 채웠다.

　한 달 내내 서로의 다름을 확인한 우리는 한국에 돌아와 거의 1년간 얼굴을 보지 않았다. "앞으로 만나지 말자"고 누가 선언한 것도 아닌데 그랬다. 자연스럽게 연락을 끊었다. 아마 적잖이 놀랐던 것 같다. '둘이 이렇게 다른데 그동안 어떻게 같이 놀았지?' 다름을 느끼고 의도적으로 멀리 있으려 애썼던 것 같기도 하다.

A와 만나지 않는 동안 나름대로 분석도 해봤는데, 원래는 비슷했던 두 사람이 한 명은 경영학과에, 한 명은 국어국문학과에 진학하면서 다른 사고방식과 가치관을 흡수하며 달라진 것이 아닌가, 하는 생각이었다. 이제 와서 보면 그야말로 쓸데없는 고뇌였는데, 그때는 서로 다른 두 사람이 어울리는 일이 어쩐지 온당치 않으며 불가능하다고 믿었기에 꽤나 진지했다. 친한 사람들은 응당 똑 닮아야만 하는 줄 알았다.

그런 감정들을 애써 모르는 체 무시하며 지냈다. 둘 다 속을 많이 끓였을 텐데, 자연스레 만나지 않았던 것처럼 또 자연스럽게 우리는 슬며시 다시 만났다. 오래된 친구를 잃는 게 두려웠는지도 몰랐다. 그 1년의 시간에 대해 아무런 언급도 없었기 때문에, 나는 또 나름의 결론을 내리려 했다. '그냥 바빠서 내게 연락을 안 했던 거였나? 여행하는 동안 A는 나처럼 느끼지 않았던 걸까? 나만 속 좁은 인간이라 바보같이 굴었던 건 아닐까?'

단 한 번도 발화된 적 없는 시간이었던지라, 나는 언젠가는 솔직하게 그때의 우리에 대해 이야기 나누고 싶었다. 하지만 조금 기다렸다. 화가 났던 일도 그냥 웃어넘길 수 있는 추억이 될 날이 올 때까지. 정말 서로 마음이 상했던 거라면, 상처가 다 아물 만큼 시간이 흐를 때까지.

이 편지는 나의 고백에 대한 A의 답장이다. 사근사근하기보단 다소 쿨한 성격의 A는 크리스마스나 신년에 카드(말 그대로 편지지가 아니라 사이즈가 작은 카드였다)를 짤막하게 보내곤 했는데, 십 수 년 우정의 역사 중 이렇게 길이가 길고 속내가 담긴 편지를 써준 건 처음이었다(무려 편지지에 두 장을 빽빽하게 써주었다). 내가 수 년 전 여행 중의 속마음과 우리에게 틈이 생겼던 1년간 고민한 생각들을 터놓는 편지를 썼더니, A가 답장을 보내온 거였다. 대학을 마칠 무렵 한창 구직할 때이기도 해서 A 역시 이런저런 속마음을 털어놓았다.

불편했던 한 달과 1년에 대해 굳이 화제 삼지 않아도 둘의 관계는 운 좋게 계속 이어졌을 수도 있다. 하지만 깊은 데서 꺼내어 말하지 않는다면 어느새 곪았을지도 모르는 게 마음이다. 이 편지를 받고서야 A와 내가 있는 그대로의 서로를 받아들였음을 느꼈다. 내 친구의 몰랐던 면모를 알게 되고, 그 또한 받아들이는 과정. 그게 자라는 일이고 진정한 친구를 사귀는 일이 아니었을까. 너는 나와 달라, 그렇지만 있는 그대로의 네가 좋아. 너를 바꾸지 않을 거야. 다르다고 밀어내지 않을 거야. 비로소 나는 어렴풋 더 멀리까지, 길게 이어질 우리의 시간을 기대하게 됐다.

A는 여전히 내 곁에 있다. 그리고 우리 사이는 자꾸 자라난다. 각자의 성장통을 겪으며, 그 시간들은 이제는 정말 웃어넘길 수 있는 추억이 되어버렸다. 대신 서로의 아주 다른 삶을 흥미롭게 듣고 맞장구치며 삼십 대의 두 사람이 수다를 떤다. 그 다름이 얼마나 재미있는지, 스물한 살의 나는 절대 몰랐다고나 할까.

"

15

새로운 경험과 가능성이
열리는 시간.
민채씨가 맞이한
이 순간을
정말 축하하고 축복해요!

"

from A.

사사롭기 그지없는
여자들의 우정

    여자들의 우정이란 무엇일까. 온종일 수다를 떨고도 다음 날이면 지난밤 쓴 편지를 쥐어주는 것. 그걸로 모자라 일기장 한 권을 번갈아 가져가며 교환일기를 쓰는 것. 기뻐할 일이 생기면 사사건건 작은 선물을 챙기고 거기에 손수 쓴 쪽지를 붙이는 것.

    여자들의 우정이란 대체로 사사롭기 그지없다. 너무 사소해서 눈에 잘 띄지 않기에 존재하지 않는 듯 여겨졌다. 그런 탓에 '여적여(여자의 적은 여자)'라는 말까지 만들어져 여자들을 괴롭혀왔는지도 모르겠다. 그러나 밤낮없이 주고받은 말과 마음은 우정이라는 켜를 견고하게 쌓아왔다. 여자들은 자주 울고 웃고, 그걸 껴안고, 기록하고 기억한다. 티끌만한 희로애락까지 공유하며 결국엔 아주 내밀하게 연결되고, 영향을 주고받는 일. 그게 여자들의 우정이 아닐까. 어쩐지 귀엽게 여겨질 만큼 작고 동그란 것.

　　도대체 누가 언제부터 그런 걸 시작했는지 모르지만, 우리 또래 여자애들 사이엔 결혼할 때 '가방순이'가 친한 친구들의 축의금을 따로 받는 문화가 있다. 가방순이는 치렁치렁한 드레스와 높은 구두 때문에 마음대로 움직이기 어려운 신부를 대신하여 신부의 휴대전화와 손거울, 당일에 쓸 현금 따위를 가방에 챙겨 신부를 따라다니며 돕는 친구다. 여자애들은 가까운 친구가 결혼하면 눈치껏 가방순이부터 찾아내어 축의금을 전한다. 집집마다 사정에 따라 축의금 정산을 마치는 데 걸리는 시간이 천차만별이고 돈이 전부 부모님에게 가는 경우도 있으니, 이왕이면 신부가 돈을 가져가 바로 신혼살림에 보태라는 취지로 생긴 일 같다.

　　내 딴에는 그게 번잡스러워서, 결혼식 날 내 가방을 챙겨주던 친구에게 누군가 따로 돈을 건네주면 "축의금은 입구 접수대에 내면 된다"고 안내해줄 것을 부탁했다. 그런데 결혼식이 끝나고 가방을 열어보니 따로 맡겨진 봉투 몇 개가 들어 있었다. 그 봉투들을 열어 보다가 가방순이에게 몰래 축의금을 주고 가는 여자애들의 속마음을 알게 되었다.

편지 때문이었다. 가방에 따로 챙겨진 봉투에는 돈만 들어 있는 게 아니라 나에게 띄운 편지가 동봉되어 있었다. 축의금에 편지를 함께 넣어주고 싶은데, 접수대에 주고 오면 제대로 전달이 되지 않을까 불안하기 때문이었다. 돌이켜보니 나 역시 그러한 이유로 여러 번 가방순이를 통해 돈과 편지를 전해왔다. 사랑하는 친구에게 결혼식 당일 전하고 싶은 메시지가 있어, 비밀스럽게 가방순이를 찾아다녀야 했던 거다.

A에게 받은 이 편지 또한 내 결혼식 날 받은 축의금 봉투에 함께 들어 있었다. 아니 정확하게 표현하자면 편지 봉투에 축의금이 같이 들어 있었다. 다소 촌스러운 무늬의 큼지막한 펼침 엽서에 편지가 쓰여 있고, 그 사이에 돈과 사진이 끼워져 있었다. 남편과 함께 A를 만났던 날, A가 우리 두 사람을 찍은 사진이었다. 다른 사람이 우리를 보는 시선은 이렇구나, 새삼 웃음이 날 만큼 자연스러운 사진이었다. 봉투에 돈만 넣어 전하는

대신, A는 그날을 추억하며 사진을 인화했고 편지를 썼다. 정성스럽고 수고스럽게도 말이다. 은밀히 가방순이에게 전해진 그 편지는 안전하게 내게 도달했다.

나와 A는 일터에서 만났다. 함께 일한 건 몇 달 남짓으로, 긴 시간은 아니었지만 A는 내 친구가 되어 우정을 나누어주었다. 스무 살 무렵엔 '학창 시절 친구가 진짜 친구래'라는 웬 괴담 같은 말이 막 대학생이 된 친구들을 따라다녔다. 나 역시 그런 낭설을 믿고는 걱정했다. 이제 어린 애들 같은 참된 우정을 쌓기는 힘들겠구나, 옛날이 그리워지겠구나! 하지만 이내 소위 진짜 친구라 부를 만한 우정이 꽃피었다. 인생을 통째로 흔들어놓을 만한 사람들을 만났다.

사회생활을 시작하고도 마찬가지였다. 대학생활이 끝나면 진정한 친구를 사귀는 일이 없을 거라 생각했다. 그러나 좋은 사람은 늘 나타났다. 어디서 홀연 나타나서는 내 마음을 훔쳤고 일상을 감쌌으며 삶이란 캔버스에 이런저런 그림을 그렸다. 함께 시간을 보내며 우정은 쌓였다. 다른 말로는 설명할 수 없는 벗 사이의 정, 우정이었다.

A는 나보다 몇 살 더 나이가 많았지만 훨씬 더 순수하게 세상을 바라보는 사람이었다. 가끔 어린아이처럼 보일 만큼 해맑게 웃었다. 해보고 싶은 일에 대한 신념 때문에 다니던 회사를 그만둘 만큼 무모하기도 했다. 사람을 잘 믿고 좋아해서 아낌없이 주는 나무처럼 마음을 내어주는 사람이었다. 그런 모습이 다른 사람을 웃게 만들었다. 나는 A 때문에 자주 웃었다. 그가 내게와 친구가 되어주었다. 늘 받기만 하는 것 같아 미안하지만 그는 여전히 '늘 거기에 있을 것 같은 사람. 찾아가 오래된 이야기를 풀어놓고 싶은 사람'이다. 그의 오랜 친구로, 오래 곁에 머물고 싶다.

여자애들의 세계에만 존재하는 가방순이는, 티끌만한 마음까지 놓치지 않고 가방에 담고 다니는 우정의 일꾼! 결혼식 당일에, 지난밤 써내려간 편지를 전해야만 하는, 작고 동그란 우정이 우리에게 있다. A가 내게 전한 그 귀여운 마음도, 가방순이가 챙겨준 가방 안에 고스란히 담겨 있었다. 몰래 온 우정이 거기 있었다.

"

16

밤에 학원 늦게 끝났다 하면
꼭 걱정되는 민채
잠 많은 민채
평생 친구이고 싶은 민채

"

from A.

마주 앉아
손톱을 깎는 시간

　　오래전 마주 앉아 손톱을 깎아주곤 했던 남자애가 결혼했다. 남자애의 손톱을 깎아주던 것이 벌써 15년 전이다. 남자애는 오래된 친구였지만 우리가 함께 밥을 먹거나 차를 마시거나 이야기를 나눈 것 또한 참 오래된 일이었다. 남자애는 수년 전 해외로 이주했고, 거기에서 한 여자와 사랑에 빠졌다. 결혼식장에서의 짧은 재회. 얼굴이 그대로, 목소리도 그대로, 상대를 알뜰살뜰 챙기는 마음도 그대로다. 남자애는 살이 조금 쪘고, 나도 살이 많이 붙었다. 온종일 운동장을 뛰어다니며 소란을 피우던 학창시절과 달리 이제는 붙박이처럼 일터에 앉아 생을 벌기 시작하는 나이의 우리였다.

　　15년 전, A의 엄마가 세상을 떠났다. 남자애도

나도 열여덟 살밖에 먹지 않았던 때다. 그날은 야간 자율학습을 하지 않고 서둘러 장례식장으로 향했다. 친한 친구이니 제일 먼저 달려가고 싶었다. 남자애의 엄마 영정사진 앞에서 나와 친구들은 곱게도 세배절을 했다. 어른들은 모두 자리를 비웠던 때, 친구들도 남자애도 모두 장례식절 하는 법을 몰라 그렇게 절했다. 고작 열여덟 살이었다. 어쩌면 돌아가신 남자애의 엄마도 우리를 보고 훗 하고 한 번 웃어주지 않았을까, 상상해본다.

A는 자기 손톱을 깎지 못했다. 늘 엄마가 깎아주었다고 했다. 혼자서는 손톱을 못 깎는다고. 남자애는 주머니에 손톱깎이를 넣어 왔다. 종종 내게 손을 내밀었다. 그러면 나는 남자애와 마주 앉아 그 애의 손을 잡았다. 손가락을 하나씩 옮겨가며 손톱을 깎았다. 또각. 또각. 또각. 또각. 남자애의 손에서 떨어져 나온 초승달 모양 손톱이 허공을 갈랐다.

다른 사람의 손톱을 깎는 일은 무척이나 조심스러웠다. 행여 살이 집힐까 조심조심, 길이가 적당할지 들여다보며, 열 개의 손가락 위를 부드럽게 옮겨 다니는 시간. 그 시간이 끝나고 다시 불편할 만큼 손톱이 자라

는 데에는 몇 주가 걸렸다. 한 차례 손톱을 깎아주고 3주
쯤이 지나면 주머니에 손톱깎이를 넣어 올 남자애를 기
다렸다. 손을 내밀어 마주 앉기를.

　　그 뒤로도 몇 번쯤 더 나는 A의 손톱을 깎아주
었다. 때로는 엄마가, 어쩌면 누나가, 때로는 제일 친한
친구가 되었다고 생각했다. 그런데 어느 날부터인가 같
은 반의 긴 생머리 여자애가 남자애의 손톱을 깎아주었
다. 긴 생머리 여자애는 남자애를 좋아했고, 남자애도
긴 생머리 여자애를 좋아했다. 내심 손톱 깎는 날을 기
다렸던 나는 샘이 났다. 오래된 친구의 손톱을 깎는 일
을, 그 친구와 마주 앉아 대화하는 그 시간을 다른 누군
가가 대신하게 됐으니 말이다. 남자애는 미안하다고 말
했다. 서운하다고 말한 적이 없는데 미안하다는 말을 들
은 걸 보면, 아마 내 얼굴이 울상이 됐거나 화난 얼굴이
었을 거다. 지금이나 그때나 나는 얼굴에 감정을 전혀
숨기지 못하니 말이다.

　　그로부터 십여 년 뒤, 직장생활을 하며 함께 밥
을 먹던 거래처 남자의 손을 보고 놀란 적이 있다. 손톱
이 너무 길었기 때문이었다. 너무. 대개 남의 길어버린

손톱은 얼마간의 혐오를 주게 마련인데, 나는 이상하게
도 그의 길고 긴 손톱이 더럽거나 혐오스럽지 않았다.
안쓰러웠다. 내 앞에 그를 마주 앉히고 또각, 또각 정성
스레 손톱을 깎아주고 싶었다. 그 순간, 긴 손톱 때문에
나는 그 남자에게 무언가를 갈구하기 시작했다. 거리를
좁혀 앉을 수 있는 사이, 특별한 존재, 제일 좋아하는
친구 같은 것. 조금도 각별할 것 없는 사이를 유지하며
일은 끝이 났지만, 덕분에 나는 늘 그에게 다정할 수 있
었다. 어쩌면 혼자서는 손톱을 깎지 못하는지 몰라, 사
랑하는 사람을 조금 일찍 떠나보냈는지도 몰라, 곱씹으
면서.

이 편지는 15년 전 A가 써준 것이다. A4 용지
를 몇 번 접어 만든 봉투에는, 수능을 몇 달 앞둔 터라
"수능 대박 스터디 부적"이라 적혀 있다. 정작 내용에
는 '수능'이나 '공부' 같은 단어는 하나도 없다. 대신 힘
들었던 시간 동안 내가 자신을 챙겨주려 하는 모습들이
다 보였다며, 바라봐주는 것만으로도 안정이 됐다며 고
맙다는 말이 담겨 있다. 내게도 힘든 일이 생기면 자기
에게 꼭 이야기해달라는 말까지. 편지의 두 번째 장은
내 이름을 스무 번이나 부르는 형식으로 되어 있어, 쓰

는 이가 얼마나 고민하며 문장을 만들었을지 떠올려보면 제법 귀엽다.

어려서는 친구들과 편지를 주고받으면서 나와 제일 친한 친구는 누구인지 가늠해보곤 했다. 누군가에게 제일 친한 친구가 되고 싶어서 마음을 갈망했던 시간. 남자애의 손톱을 깎지 못하게 되었을 때도 나는 '제일'의 타이틀을 빼앗긴 것 같아 화가 났던 건지 모른다.

지금이야 '제일' 친한 친구가 누구인지 헤아리거나 누군가에게 그런 친구가 되어달라고 바라는 게 얼마나 부질없는 일인지 알지만, (애초에 감정에 있어 '제일'이라는 것이 너무나 주관적이고 추상적이다. 최고의 관계를 꼽을 수도 없고, 그런 것은 쉽게 변할 수 있으니까.) 그때는 그게 전부였다. 남자애의 손톱을 깎아주는 일이 '제일 친한 친구' 사이의 상징이라고 여겼다.

한때 어떤 것의 전부라고 믿었던 세계는 이미 떠난 지 오래다. 열여덟의 남자애도 나도 손톱을 깎으려 마주 앉았던 우리도 어디론가 다 갔다.

아무럼 어떤가. 내가 한때 제일 친하다고 믿었던 남자애에게, 내가 제일이기를 바랐던 그 세계에, 앞으로 평생을 마주보고 앉아 또각또각 정성스레 손톱을 깎아줄 사람이 생겼으니 기쁜 일이다. 게다가 결혼식장에서는 오랜만에 남자애의 웃는 얼굴을 봤으니 더할 나위 없었다.

한때 어떤 것의 전부라고 믿었던 세계는

이미 떠난 지 오래다.

열여덟의 남자애도

나도

손톱을 깎으려 마주 앉았던 우리도

어디론가 다 갔다.

"

17

우리 처음엔 낯설어서
얘기도 잘 못했는데
이젠 연인이라니.

"

from A.

앙코르는
없어요

　　세상에는 많은 '처음'이 존재한다. 하지만 그것들은 대부분 쉽게 잊히고, 언제가 처음이었는지도 제대로 인지되지 못한다. 어쩌면 본인보다도 부모님이 더 잘 간직할 법한 누군가의 처음. 오롯이 한 사람의 생애에서, 아주 선명하고 은밀하게 마주하는 처음은 역시 첫키스가 아닐까? 저마다의 추억 속에서 제일 좋은 자리를 차지하는 기억, 절대로 소멸되지 않는 기억으로 남을 단 하나의 순간. 한용운의 시 「님의 침묵」에서 '날카로운 첫 키스의 추억'이라는 대목과 마주할 때면, 모두가 제각각 떠올릴 얼굴, 공기와 분위기가 있을 것이다.

　　나는 열아홉 살에 동갑이었던 남자애와 공원에 앉아 처음 키스했다. 과감하게도 그 애의 다리 위에 사뿐 올라 앉아 있었고, 처음 해보는 키스가 너무 보드랍고 따뜻해 놀랐고, 꽤나 오랫동안 입을 포갰다. 마치 내 몸에서 빠져나와 옆에 서서 그 장면을 지켜본 듯, 순간은 생생하게 포착됐다. 거의 일주일 동안 온종일 넋이 나가 첫 키스 장면을 되감아 보았다.

이 편지는 첫 키스 소년 A가 써주었다. 또박또박 써내려간 예쁘장한 글씨체만 봐도 옆자리에 앉아 내 얘기를 잘 듣고 웃던 얼굴이 그려진다. 열아홉 살 내 몸은 오감을 활짝 열어 그 애를 빨아들였다. 공원 벤치에 앉아 나눈 첫 키스의 보드라움은 물론이거니와, 춥다고 얘기하면 망설임 없이 벗어 내게 입혀주던 커다랗고 까만 후드티의 온기도 그랬다. 농구를 하고 돌아와 땀에 흠뻑 젖어서는 내게 배시시 웃어 보이던 여름날의 땀 냄새에는 반해버렸다. 전교생이 참여한 행사에서 갑자기 내 이름을 불러 꽃다발을 건네주던 때 심장이 얼마나 요동쳤는지도, A와의 시간은 몸에 새겨져 있다. 이별마저 그랬다. 우리가 같이한 마지막 날은 유독 뚜렷하게 남아 너무도 쉽게 눈앞에 그려진다.

마지막으로 만났던 날, A와 나는 긴 길을 걸었

다. 저녁을 먹는 동안 나는 오늘이 이별하는 날이 될 줄 알았다. 지난 몇 주간 그에게 이별을 고해야 하나, 어떻게 헤어지자고 말을 꺼낼까 끙끙거렸듯, 그 역시 같은 마음을 품고 나왔음을 얼굴을 보자마자 직감했다. 그럼에도 불구하고 우리는 나란히 걸어 번화가로 향하고, 무엇을 먹을까 골라 식당에 들어갔다. 이별이 올 줄 모르는 사람들처럼. 나는 비겁하게도 어떤 반찬을 집어 먹을까 천천히 고민하고, 밥이 차게 식을 때까지 느릿느릿 쌀을 씹는 쪽을 택했다. 의뭉스럽게도 모른 체했다. 만남이 무엇인지 추억이 무엇인지 사랑과 작별이 무엇인지 알지 못하는 갓난아이처럼.

치졸하게도 나는 오랜 시간을 끌었던 이별을 끝내 이야기하지 않는다. 비겁하다. 옹졸하다. 비열하다. 치사하다. 그런데도 우리는 서로 잔인한 사람이 되지 않을 거라는 듯, 입을 다문다. 모르는 척 밥을 먹는다. 꼭꼭 씹어 느린 속도로. 하지만 나도 당신도 알고 있다. 우리는 오늘 헤어질 것임을, 이것이 마주앉아 함께 먹는 마지막 식사임을. 이 작은 무대에서 우리의 역할이 아직 결정되지 않았을 뿐이다. 텅 빈 객석에서 무언가 바스락거린다.

아무도 지켜보지 않는 이 역할극에서 나는 잔인한 사람은 되고 싶지 않아, 입을 다물 거야. 당신도 잔인한 사람이 되고 싶지 않다면 말을 삼키겠지. 시간을 끌다보면 오늘의 무대는 이것으로 끝이 나고 우리는 다시 다음을 기약해야겠지.

모두가 입을 열지 않는다. 우리는 한마디도 하지 않고 식당에 앉아 국수 한 가닥, 밥 한 톨까지 남김없이 먹었다. 한마디도 하지 않지만 다음 동작이 무엇인지 아는 우리는 무언극의 배우 같다. 둘 사이에 짜둔 동선을 따라 이동한다. 자주 함께 걷던 길을 따라. 그렇다면 최종 목적지는 '그곳'이다. 나무가 울창해 길을 지나는 사람에게는 잘 보이지 않던 자그마한 공원. 당신과 내가 자주 앉아 목소리를 나누고 입술을 포개던 곳. 대사가 없는 두 무언극 배우가 익숙한 동선을 따라 그곳을 향해 걷는다.

작은 공원이 보일 때쯤 마침내 우리의 역할이 정해진다. A는 잔인한 사람이 되고 나는 당하는 사람이 됐다. 익숙한 공원에 닿지 못하고 기이한 무언극은 끝난다. 우리가 밥과 함께 꾸역꾸역 삼켰던 그 말들이 튀어

나온다. 객석은 텅 비었지만 우리는 완벽하게 극을 마친다. 서로가 없는 틈을 타 몇 번이고 되뇌었을 작별의 말을 읊으면 그뿐. 멀리서 박수 소리가 들려오는 것 같다. 꽃다발도 환호도 없지만, 그게 끝이다. 두꺼운 암막 커튼이 우리 앞에 덮이고, 무대 위로 쏟아지던 조명마저 꺼지면 우리는 각자 바닥에 붙은 작은 야광 화살표를 따라 무대를 빠져나간다. 여러 날 수십 번 혼자 연습했던 작별 인사를 중얼거리며 무대를 떠나는 일.

객석은 텅 비어 있다. 앙코르는 없다.

"

18

너 보려면
아직 세 시간 반 정도
남았는데
어떻게 기다리니.

"

from A.

잘 헤어지기
위하여

　수백 통의 편지가 들어 있는 보관함을 다 뒤졌는데 단 한 통이 나왔다. A에게 받은 편지는. 짧았던 연애이기도 했지만, 어딘지 '쿨내'가 풍겼던 그의 성격이 엿보이기도 하는 대목이다. 달콤한 말보다는 현실적인 조언으로 나를 일으켜 움직이게 만들고, 이런저런 이벤트보다는 밥 잘 챙겨 먹었느냐며 배부터 불려주던 그였으니 말이다.

　함께 보낼 크리스마스이브를 앞두고 써내려간 이 편지에는 그나마도 작은 글씨로 짧게 몇 줄이 적혀 있어 여백이 더 많다. '어떻게 편지지를 채울까 싶었는데 벌써 많이 썼다'는 문장으로 어영부영 한 줄을 채운 모양새가 어쩐지 그답다. 다소 차가운 인상과 말투, 그럼에도 니와 둘만 남거지면 한없이 다정해져 좋아하는 마음을 숨기지 못해 소년처럼 웃던 그 얼굴.

겁이 났다. 오직 내게만 친절하던 그 얼굴을 보고, 언제나 나를 향해 있던 눈동자를 마주치고, 조곤한 목소리를 들으며 이별을 이야기하는 일이, 무서웠다.

변명하자면 그때 나는 어렸고 '잘' 이별하는 것이 무엇인지 몰랐다. 그저 이제 끝을 내야 한다면 가위로 잘라내듯 뚝 끊어내면 그만인 줄 알았다. 사람의 인연이라는 게 얼마나 질기고 귀한 것인지, 이별에도 예의가 필요한지를 모르던 여자애. 처음 만나던 때처럼 마지막 만남 역시 한 줄기 기억으로 남으리라는 것을 까맣게 모르던.

나는 A에게 전화를 걸었다. 조용한 방도 아닌 길 한가운데서, 이별하려고. 느린 걸음으로 걸으며 조심스럽게. 통화 연결음이 길게만 느껴졌다. 차라리 받지 않기를, 미룰 수 있다면 이것이 내일의 일이 되기를, 나조차 모르는 어느 훗날의 일이 되기를 바랐다.

그는 전화를 받았고 나는 숨을 고르고 준비한 몇 마디를 겨우 내뱉었다. 머릿속으로 몇 번이나 정리했던 멘트였지만 긴장한 탓에 그마저도 두서없이 나왔다. 다정했던 그의 목소리는 예상보다 더욱 차갑게 되돌아왔다. 너무 차가워서 다시 두려웠고 피하고 싶었지만, 이미 그럴 수 없었음을 안다. 드문 숨과 찬 목소리만이 오가는 통화.

A는 내게 만나자 말했다. 이렇게 얘기하는 것, 좀 아니지 않느냐고. 만나서 마주하고 이야기하자고. 그게 맞다고. 그게 예의라고. 전화를 걸면서도 그렇게 겁을 내고 도망치고 싶어 했던 나였으니, 만나는 일이라면 어땠을까. 얼마나 두렵고 얼마나 달아나고 싶었을까.

우리에게 아지트 같았던 카페. 입구 쪽 어느 자리. 이미 나를 기다리고 있는 당신. 내게도 무언가를 마시라며 권하는 당신.
동그란 마시멜로가 동동 떠 있는 핫초코 한 잔. 마시멜로가 떠다니는 모습을 보며 머그잔만 만지작거리던 나. 당신에게서 어떤 말이, 내게서 어떤 말이 나가는 순간. 툭툭 떨어지는 눈물. 눈물도 다 쓰고 이야기도 다 떨어진 오후의 카페.

잘 지내라는 인사. 헤어지기 위함 그 이상도 이하
도 아닌 그날의 만남. 헤어지기 위한 고귀한 절차.
다시 하나씩 떠나가는 두 사람. 빙글빙글 떠가는
하얀 마시멜로. 창가에 깔린 하얀 조약돌. 선명한
자국이 남은 하얀 오후.

훗날 누군가와 만나고 헤어질 때마다 나는 A를
떠올렸다. 아니, 떠올리기도 전에 떠올랐다. 그는 내게
이별의 선생님 같은 상징이었고, 그와의 헤어짐 이후 나
는 늘 '잘 헤어지는 법'을 고심했다. 당신과 내가 함께했
던 시간을 다치지 않게 해줄, 지난날의 우리와 지금의
우리를 위한 이별의 과정이란 무엇일까 하고.

그에게 감사하다. 그리고 아마도 평생을 두고
고마워하리라. A와 이별하던 날의 나는 알지 못했지만,
훗날의 내가 그날을 들여다본다. 그 사람 역시 이별을
고하려는 내가 두려웠을 테고, 피할 수 있는 만큼 이별
의 순간을 피하고 싶었을 테다. 그럼에도 불구하고 나보
다 더 큰 용기를 내어 만나자고, 만나서 이별하자고, 인
사하고 서로를 보내주자고 말했으리라. 누군가 함부로

가늠하기에는 더 큰 용기가 필요한 일이고, 그 자신을 위해서라기보다 함께했던 우리를 위한 행동이었다. 그가 그렇게 큰 용기를 내준 덕에 나 역시 무거웠던 마음을 잠시 내려두고 그의 눈을 바라볼 수 있었다. '마지막'이라 이름 붙은 시간을 함께 보낼 수 있었다.

　　훗날 누군가와 이별하며 나는 그 옛날 내가 얼마나 좋은 사람과 만났는지를 비로소 알게 됐다. 예의 있게 이별하는 법을 알려준 사람, 내가 도망쳐 사라지기 전에 한 번 더 한 걸음 가까이 다가와준 사람. 안녕이라고 말할 수 있게 시간을 만들어준 사람. 그에게 나는 이별을 배운다. 그가 가르쳐준 이별에는 우리가 같이 보낸 시간도 당신도 나도 완전히 온전하다.

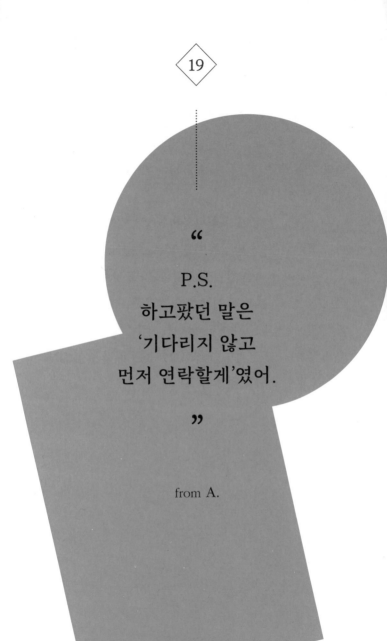

19

"

P.S.
하고팠던 말은
'기다리지 않고
먼저 연락할게'였어.

"

from A.

네가
좋아하는 것들을
적어봐

　　대학에서 만난 A로부터 받은 편지는 유독 기억에 남는 편지다. 군대에서 보내온 도톰한 편지봉투에는 편지가 석 장 들어 있었는데, 그중 마지막 장은 부록처럼 "네가 좋아하는 것들을 적어봐"라는 제목만 달려 있고 아래 칸은 텅 비어 있었다.

　　그 편지를 거의 일주일 동안 들고 다니며 날마다 내가 좋아하는 걸 떠올렸다. 매일매일 기분이 좋았다. 난 어떤 음식을 좋아하던가, 어떤 날씨와 어떤 음악이 나를 웃게 하던가. 즐거운 상념에 빠져 오직 '나'에 대해서만 생각했다. 그 편지지를 가능한 한 가득 채워 보내고 싶어서 꽤나 골몰했는데도 한 장을 채우기가 쉽지 않았다.

좋아하는 것들의 목록을 완성하면 다음 편지에 넣어 돌려보낼 작정이었기에, 어떻게 하면 그 애를 웃게 만들지 웃음 포인트도 고민했다. 그래서 답장을 보내기까지 긴 시간이 걸렸다. 내가 좋아하는 것들을 그림까지 곁들여 설명해둔 답장을 받고, 그 애는 웃었을까? 그토록 낭만적인 종이 한 장. A는 옆에 없으면서도 그 시절 내 곁을 지키고 있었다.

동아리에서 만난 A는 한 학번 선배였지만 나와 동갑이었다. 처음엔 차가운 말투와 표정에 절대 친해지지 못하리라 생각했다. 피부도 매끈하고 희어서 더 차가워 보였다. 도도한 한 마리 고양이 같았던 A! 나는 쉽게 꼬리를 흔들며 사람을 좋아하는 전형적인 개과 인간이었고, 사실 고양이는 조금 무서워했다. 고양이과 인간도 대하기 어려웠다. 나는 그 애를 꼬박꼬박 "선배"라 부르며 거리를 지켰다.

그러나 여타 관계들이 그러하듯, 우리 사이의 벽은 인지하지 못한 때에 알 수 없는 계기로 무너져 내렸다. 어느 순간, 우리 둘은 너무나 가까워져 있었다. 서서히 다가가는 것도 아니었고 어느새 찰싹 옆에 붙어 2인 3

각을 하듯 지내고 있었다. 호칭은 자연스레 선배에서 이름으로, 이름에서 별칭으로 바뀌었다.

A와는 뜻밖에 작당모의를 해도 뜻이 잘 맞았다. 식목일에는 둘이서 동아리방 근처 숲에 꽃나무를 심었다. 도대체 어떤 대화를 나누다 화원에 가서 꽃나무를 사오고, 삽질을 해서 그걸 심었는지…… 그때의 그 애와 나만 알겠지만, 아무튼 그렇게 했다. 나무 앞에는 두 사람의 이름을 적은 팻말도 세워두었다. 여기에 뿌리를 내려라, 오래오래 잘 자라라, 꽃을 피워라. 말은 안 했지만 우리는 바랐을 것이다. 하여 우리들의 관계 또한 오래 견고하기를.

부쩍 가까워진 A와 나를 보고, 언젠가 누가 "A가 하는 말은 과장된 것들이 많으니 그 애를 너무 믿지 말라"는 경고 같은 말을 내게 하고 갔다. 그냥 한 귀로 듣고 한 귀로 흘렸다. 다른 사람에 대해 이러쿵저러쿵 평가하는 말을 흘리고 다니는 사람은 미덥지 못하다. 언젠가 그 사람은 내가 없는 자리에서 나에 대해서도 이렇다는 둥 저렇다는 둥 설명하고 다닐지도 모르니.

철저하게 A를 믿었다. 그 애가 내뱉는 말과 보여주는 표정, 그 안에 담긴 세계관, 그것만이 오직 A였다. 그 애가 내 앞에 꺼내놓은 모든 것이 진실이자 진심이리라. 그렇게 판단할 수 있는 이유는 간단했다. 내가 A를 대하는 모든 태도 또한 진실했고 진심이었기 때문이다. A를 설명하는 남들의 말은 아무 쓸모가 없었다.

그런데 나의 소중했던 A가 어느 순간 인생에서 통째로 사라졌다. 흔적조차 없이. 언제부터 연락이 끊겼는지도 기억나지 않는다. 우리가 언제 어떻게 친해졌는지 알 수 없듯이, 그 애는 그냥 내 삶에서 갑자기 없어졌다. 누군가는 A의 연락처를 알겠지. 다시 만나 이야기할 수 있겠지. 반가운 얼굴로 함께 걸을 수 있겠지. 혼자서 기약 아닌 기약을 하며, 시간을 흘려보냈다. 그렇게 그냥 흘려보내면 안 되는 거였는데…… 후회하는 마음이 들었을 땐 이미 너무 늦어 있었다.

늘 그 애가 궁금했다. 그 애를 아는 다른 사람을 만나면 자꾸 물었다. "혹시 A랑 연락돼?" 그럼에도 불구하고 그 애의 흔적은 어디서도 찾을 수 없었다. 누구도 A의 근황을 알지 못했다. 사라진 A. 처음엔 다소 차가워 보였던 그 애와 함께 지냈던 날들의 사진을 다시 꺼내어 보면, 유난히 웃는 사진이 많다. 도깨비 같은 덧니를 보이며 개구쟁이처럼 웃고 있는 그 애. 가끔 나는 그 애를 웃게 만들고 싶어서 더 바보 같은 행동을 하며 헤헤 많이 웃었다. 무표정한 얼굴에 움직임이 생기며, 살짝 입꼬리가 당겨 올라가는 그 모습을 보려고. 내가 바보처럼 웃으면 그 애도 나를 별명으로 부르며 다가온다. 그리운 A.

이 편지는 군에 입대하기 전 A가 썼다. 고향으로 내려갔던 그 애는 여행이라 부르기는 조금 어색한 방황 같은 국내 일주를 시작했다. 3주에 걸쳐 쓰인 네 장짜리 편지는 저마다 배경이 되는 장소와 때가 다르다. A는 홀로 '그냥 어느 곳, 어느 때'에 있다. 재즈 바에 앉아 있다가, 언덕에 누워 있다가, 마을회관에 있다. 초봄 길 위에서 만난 풍경이 자세히 적혀 있어 함께 여행하는 듯한 착각에 빠진다.

여행 중 꿈에 등장한 내가, 불러도 대답이 없고, 손을 뻗어 어깨를 치려니 사라져버렸다고 했다. 또 다른 날 쓰인 편지에는 '기다리지 않고 먼저 연락할게'라는 문장도 섞여 있다. 항상 꿈의 공기를 내뱉고 내쉬었으면 한다는 말도, 진실된 모습을 보고 그걸 이어가라는 말도 촘촘하게 담겨 있다. 이 편지에는 지난날 내게 전하지 못하고 묻어버린 말들과, 우리가 만나지 못할 먼 미래에 내게 하고 싶은 말까지 몽땅 쓰여 있는 것만 같다. 이미 누군가를 잃어버린 사람처럼.

소식이 끊긴 지 벌써 몇 해나 지나서, 다시 만나면 어떤 표정으로 무슨 말을 해야 할지 전혀 모르겠지만 나는 여전히 그 애가 그립다. 편지를 보낼 주소를 알 수 있다면 딱 한 줄 제목만 적은 편지를 보내고 싶다. "네가 좋아하는 것들을 적어봐."

A, 그러면 일주일이고 열흘이고 그 종이를 들고 다니며 행복해 해줘. 좋아하는 것들을 떠올리면서. 네가 좋아하는 것들을 하나씩 적어 내려가면서, 그 목록을 살펴볼 나를 생각하면서, 개구쟁이처럼 덧니를 보이며 씩 웃어줘.

나는 여전히 그 애가 그립다.

편지를 보낼 주소를 알 수 있다면

딱 한 줄 제목만 적은 편지를 보내고 싶다.

"네가 좋아하는 것들을 적어봐."

"

20

왜 이렇게 난 우리의 목소리,
우리의 연주가 듣고픈지.
많이 보고 싶고,
많이 그리워.

"

from A.

두 사람 사이의
시차

대학시절 많은 기억의 방 안에 A가 있다. 취했거나 걷거나 킬킬 웃고 있는 우리들. 어떤 밤엔 숲속 펜션에서 별똥별을 보았노라 탄성을 내지르고, 어떤 밤엔 동아리방에 다닥다닥 붙어 앉아 귤 까먹으며 몸을 녹이던 우리. 무엇보다 무대에 서기 위해 여러 날 각자의 악기 소리와 목소리를 맞추어보던 우리.

A는 나보다 학번이 높았다. 처음엔 A를 선배라고 불렀다. 얼마 되지 않는 짧은 기간이었다. 조금 가까워지고는 다른 친구들처럼 A를 별명으로 불렀다. 나는 그 애를 늘 "친언니 같다"고 생각하며 좋아했다. 내게 단짝 같은 언니가 있다면 그 애였으면 좋겠다 싶었다. 어떤 날은 무심코 "언니!" 하고 내뱉어버렸다가 실실 웃

었다. 그렇게 불러본 적이 없어서 민망한 탓이었다.

그 애는 우리 학번 친구들과 아주 가까워졌다. 그때부터는 그냥 친구가 됐다. 어린 시절 동네 꼬마들처럼 허울 없이, 시시껄렁하게 모여 놀았다. 남들 이야기, 세상 이야기 말고 우리 자신을 이야기했다. 어딜 가든 우리가 있었다. 그들과 함께라면 맛없는 것도 맛있었고 재미없는 것도 과장되게 웃겼다.

A는 멋있었다. 늘 자유롭고 용감했다. 두려움이 없고 거침없었다. 숨김이 없었다. 밝았고 빛이 났다. 발길이 닿는 대로 아무 버스나 갈아타며 데이트했다는 이야기를 들었을 땐 나도 언젠가 꼭 따라 해보겠노라 마음먹었다. A가 하는 건 다 대단하고 좋아 보였으니까.

그런 그 애가 변했다고 느낀 건 A가 졸업을 앞두고 한창 구직 활동에 몰두하던 때였다. 학교 앞 카페에서 만났는데, 계속해서 그 기업은 연봉이 어떻고 복지는 어떻다더라 하는 얘기를 했다. 하고 싶었던 일에 도전하면 되는 건데 대체 무얼 고민하고 있는 건지, 나는 이해할 수 없었다. 평소의 그 애 같지 않았기 때문이다. 그날은 유독 A도 나도 자리에 없는 사람인 것처럼 느껴졌다. 우리들이 없는 우리의 이야기. 나는 조금 우울해져 돌아갔다.

그 애를 이해하기까지 딱 1년 반 정도밖에 걸리지 않았다. 내가 졸업을 앞두고 구직을 시작하니 문득 그날의 A가 떠올랐다. 학교를 떠나 걸어갈 길을 찾아야만 하는 순간에 내던져지니 보였다. 그날 왜 우리들 안에 그 애가 없었는지. 그때 A는 앞으로 스스로 어떻게 살아내야 하는지 그 방법을 헤아리는 데에 골몰해 있었던 거다. 오직 자신을 향한 물음을 던지고 답을 찾느라 바빴던 것이다. 누구도 대신 걸어줄 수 없는 길을 찾아내려고, 마음이 저편 다른 곳에서 방황하고 있던 거다.

이 편지는 그 무렵의 A가 썼다. 나이를 먹을수록 아쉬움과 후회만 남는다는, 그리움만 쌓이는 일이 벅차다는 내용의 글. 이 모든 걸 이겨내는 어른들은 그야말로 어른스럽다는 말. 그 애는 나보다도 앞서 어떤 길을 걸어가며, 우리가 우리들로 가장 빛나던 시절이 지나가버렸음을 목격했고, 어른이 되어가고 있었다. 우리의 시간 역시 예전처럼 돌아갈 수는 없음을 먼저 알아차려서, 어떤 날의 우리를 그리워하며 생기를 잃었던 셈이다. 얼마간의 시차로, 아직 대학생 시절을 즐기고 있던 나는 '우리의 목소리를, 우리의 연주를 듣고 싶다'는 편지 속 A의 메시지를 제대로 이해하지 못했다.

사람들 사이엔 언제나 시차가 존재한다. 자신이 누군가와 같은 상황에 처해 당사자가 되어야만 체득할 수 있는 감정이 있다. 그게 누군가를 지치게 하고, 누군가를 외롭게 만든다.

어릴 땐 마냥 지금 우리에 대한 즐거운 이야기만 나누는 게 최고라 믿었는데, 우리에 대해 말하기 위해서는, 삶의 궤적에 따라 자연스레 이야기의 궤도를 바꿔야 했다. 취직이든 결혼이나 출산 육아, 회사생활이든 뭐든 우리는 그 자신이 머무는 곳의 이야기를 가지고 올 뿐이었다. 그게 누군가가 세상에 길들여지고 굴복했거나 세속적으로 변했음을 뜻하지는 않았다. 우리들의 과거를 잊었다는 의미는 더더욱 아니었다.

그리고 그 모든 걸음은 아무리 친구라도 똑같은 속도로 걸을 수는 없었다. 저마다의 보폭으로 걸어야 했다. 저마다 자기 앞의 시간을 감내해야 했다.

　　두 사람 사이의 시차를 방치하지 않고 먼저 한 달음에 달려 와주는 사람도 있다. 그게 바로 A다. 우리 사이의 시차는 자꾸 벌어졌지만, 가까이에 없는 그 애가 그립고 궁금할 때마다 A가 먼저 연락을 해왔다. 나는 옹졸하게도 마음만 꽁해 있는데, 그 애는 전처럼 밝고 따뜻하다. 나를 잊은 건가 두려웠지만 그 애는 언제고 나를 그리워했다며 기꺼이 반겨 먼저 다시 손을 내민다. 깊고 커다란 그 마음.

　　A는 출장이 있다며, 고향집에 간다며 내가 사는 지역을 찾아왔다. 나는 여기에 있는데 저기에서 여기까지 기꺼이 시간을 내어 와주는 사람. 저 멀리에 있을 땐 잠깐 안 보였는데, 가까이 와보면 A는 여전히 반짝이고 있다. 자유롭고 용감하게 생동하면서, 자기 앞의 길을 걷고 있다. 멋진 나의 A, 어찌 이 사람을 사랑하지 않을 수 있을까. 지나간 편지 한 장을 읽다가, 나는 한 치의 의심도 없이 그 애를 사랑하게 된다.

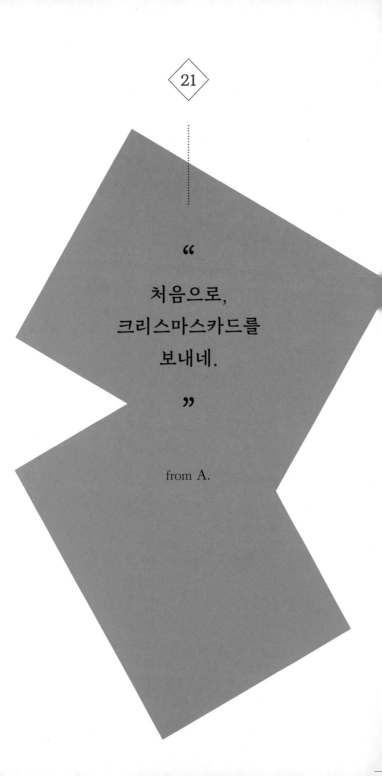

21

"

처음으로,
크리스마스카드를
보내네.

"

from A.

길 가다 마주친
첫사랑

길을 걷다 우연히 그 사람을 만난다면, 하고 수도 없이 상상해봤다. 우연히 당신을 다시 마주한다면 어떤 표정을 지을까, 첫 마디 말은 무엇을 건네야 할까. 그 상상 속 나와 그 사람은 수없이 많은 버전으로 변화한다.

첫사랑 소년에 대한 이야기다. 열여섯 살의 우리. 어리다면 너무 어려서 풋사랑이라 이름 붙여야 할 사랑에 관한 이야기. 설익은 정서와 표현 들이 멀리까지 풋내를 풍겼던 시간.

살며 너무 좋아서 딱 한 번 '이대로 시간이 멈추어 죽어버려도 좋겠다'고 생각한 적 있다. 그때 첫사랑 소년 A와 함께 있었다. 우리는 버스를 타고 번화가에 가고 있었다. 해가 막 이울기 시작한 오후, 버스에 나란히 앉아 있었다. 그 볕이 얼마나 따사로웠던지, 또 울긋불긋 빛깔은 얼마나 고왔는지, 더할 나위 없는 순간이었다. A와 함께 그 볕 아래 있다는 게 아름다워서, 겨우 열여섯 살이던 여자애가 세상이 지금 멈추면 좋겠다고 왈칵 마음을 쏟아버렸다. 누군가는 아직 진짜 사랑을 모르는 애송이의 마음이라 여길 수도 있겠지만, 나는 열여섯 살에 겪은 그 첫사랑을 진정한 사랑을 주고받은 첫 경험이라 믿는다.

A에게 받은 이 편지는 크리스마스를 앞두고 크리스마스이브에 직접 받았다. 그런데 우습게도 편지에는 '크리스마스 날은 할 게 없어 외롭다'는 내용이 적혀 있다. 이제 와 펼쳐보니 열여섯 살 소년이 너무 귀여울 따름이다. '크리스마스에 친구들과는 약속이 없으니 우리 만나자'라는 말을 못해 그리 쓴 것일 텐데, 그땐 그런 행간을 읽는 능력은 없었다. '내일 어차피 나랑 만날 건데 무슨 말이지?' 의아했다.

어쨌거나 그 애와 나는 크리스마스에 만났다. 따뜻한 겨울 점퍼를 입고, 점심 무렵 동네 초입에서 만났다. 손을 잡아야 하는 건지, 잡고는 싶은데 어떡해야 하는지 몰라 그 애의 왼팔에 내 오른팔 팔짱을 꼈다. 그러곤 번화가까지 한참을 걸었다. 너무 떨려서 목소리가 울렸다. 그 뒤 중간 기억은 몽땅 사라졌고, 그러다 껑충, 갑자기 다른 친구들과 뒤섞이게 되어버렸다. 그 때문인지 나는 토라져서 집으로 돌아갔다. 어렸지만 크리스마스만큼은 그냥 둘이서 함께 시간을 보내고 싶었기 때문일 테다. 누구네 집에 대여섯 명쯤 다 같이 들어갔다는 연락을 받고 드문드문 문자메시지에 답하다가, 엉엉 울고 그냥 자버렸다. 화가 난 채로 울다 잠든 게 인생 첫 연인과의 크리스마스 기억이라, 조금 귀엽다. 그야말로 우리는 어렸다.

스물한 살 무렵 내가 한동안 A를 마주치는 상상에 빠졌던 이유는 같은 고등학교를 졸업하고 함께 재수한 친구가 건넨 말 때문이었다. "A는 ○○대학교 다닌데." 그 말을 들었던 당시에는 그렇구나 하고 가볍게 잊었다. 그런데 나 또한 같은 대학교에 진학하게 되고는 가끔 A와 우연히 맞닥뜨리는 상상을 하게 됐다. 열여섯에서 스물하나로, 시간을 건너온 사람들.

여러 버전의 상상 속에서, 길을 걷다 우연히 마주친 그 애와 나는 아무 말도 하지 않고 씩 웃어버린다. 그러면 앞에 선 A도 말없이 씩 웃는다. 어떤 날은 "잘 지냈어?" 하고 첫 마디 인사를 건넨다. 그러면 우리는 그저 오랜만에 만난 친구처럼 두런두런 이야기를 나누다 밥을 먹으러 간다. 또 어떤 날은 상대방의 존재만 알아차린 찰나의 눈인사로 끝이 난다. 겨우 몇 초, 스친 눈길이 서로를 발견하고 '잘 지내고 있나보구나' 짐작하며 제 갈 길을 가는 두 사람. 또 다른 날은 제법 격정적이다. 눈이 마주치고 서로를 알아보는 순간, 누가 먼저랄 것도 없이 저벅저벅 걸어와서는 뜨겁게 포옹한다. 그 뒷이야기는 어떻게 마무리하는 것이 좋을지 도무지 수습이 되지 않아 상상은 그 길로 딱 끝이 나버리지만.

수년 전 헤어진 두 사람이 길을 걷다 우연히 마주칠 확률은 얼마나 될까.

비가 오던 4월의 어느 수요일, 나는 늦잠을 자고 부랴부랴 길을 나섰다. 빗물이 질척이는 바닥, 우산과 우산이 부닥치는 거리의 사람들. 맑은 날보다는 비와 우산에 정신이 쏠리게 마련인 날, 나는 잰 걸음으로 교정을 걷다 우연히 당신을 보았다. 저 멀리 걸어오는 것은 분명 A였다.

　　　　나는 그동안 상상했던 만남의 장면을 되감아 봤다. 하지만 어떤 장면도 오늘의 내게 해당되진 않았다. 약속 시간에 늦지 않으려고 부랴부랴 대강 꿰어 입은 옷들이 싫었고, 그날따라 덜 정돈된 부스스한 머리하며…… 지금 나의 그 무엇도 그 아이에게 보여주고 싶지 않았다. A에게 어린 시절 내가 좋은 기억으로만 남아 있다면, 아름다운 기억으로 봉인되어 있다면 어설픈 오늘의 나는 눈인사나 안부 인사, 포옹, 어느 것도 나눌 수 없었다.

　　　　내가 한 걸음씩 앞으로 갈수록, 그 역시 한 걸음씩 앞으로 온다. 두 걸음씩 너무 빠르게 가까워지는 당신. A와 우연히 마주치는 일은 피하고 싶었다. 그 사람이 나를 발견하기 전에 재빨리 쓰고 있던 우산을 앞으로 기울여 얼굴을 가렸다. 나로부터 그 어느 추억도 발견하지 못하도록, 그냥 스쳐 지나가 기억 속에만 남도록. 나는 숨었다.

길 가다 마주친 당신 때문에, 나는 오랜만에 우리가 헤어지던 그날을 떠올린다. 첫사랑, 풋사랑의 끝. 너무 아파서 많은 생각을 했고, 또 아무런 생각도 하지 못했던 날들. 그날로 인해 아마 많은 면이 달라졌을 테다. 설익었던 마음들은 제법 무르익었을 것이다. 그래서 나는 당신을 처음 만났던 그날처럼 소년소녀의 마지막 역시 소중하게 담아두고자 한다. 당신 이후의 '나'가 오늘을 산다. 이렇게 당신을 기억한다.

수년 전 헤어진 두 사람이 길을 걷다

우연히 마주칠 확률은 얼마나 될까.

저 멀리 걸어오는 것은 분명 A였다.

재빨리 쓰고 있던 우산을 앞으로 기울여

얼굴을 가렸다.

나로부터 그 어느 추억도 발견하지 못하도록,

그냥 스쳐 지나가 기억 속에만 남도록.

나는 숨었다.

"

22

당신의 삶은
당신이 원하는 대로
될 수 있다는 것을
기억해요.

"

from A.

고백 편지를
버릴 수 없는 이유

'고백'에 편지만큼 좋은 수단이 있을까? 오랜 밤을 지새워 모아온 마음과, 지우고 쓰고 지우고 쓰며 단련한 말들의 총합. 사랑의 정수. 사랑한다는 말을 전하려고 쓴 편지는 누가 읽어도 아름다울 수밖에 없다. 내가 첫사랑에게 고백할 때에도 가장 먼저 준비한 것은 진심을 담은 편지였다. 행여 오해를 일으키거나 마음을 잘못 전하진 않을까, 연습장에 쓰고 또 써서 완성한 한 편의 글. 그걸 편지지에 한 자 한 자 옮겨 적으며 마음에 그린 건 빛이고 희망이고 씨앗일 사랑뿐이었다.

나를 좋아한다는 말이 적힌 편지도 그랬다. 그걸 전해준 상대와 상관없이 편지들은 몹시 아름다웠다. 고백을 결심하기까지 얼마나 오래 고민했을까? 한 사람을 아주 잃어버릴 수도 있다는 사실이 두려우면서도 마음을 먹기까지 얼마나 큰 용기가 필요했을까? 그 과정을 헤아렸기 때문일 것이다. 세상에 한 인간으로 태어나 다른 누군가로부터 진심을 받는 일은 행복하고 감사한 일이다. 비록 고백을 받아들일 수 없어도 편지만은 버릴 수 없었던 이유다. 그 아름다운 걸 쓰레기통에 넣는 일은 불가능하다.

A와 나는 오랜 시간을 좋아하는 상태로 머물렀다. 흔해진 말로 '썸'을 탄 건 아니고, 서로가 연애할 수 있는 상황이 될 때까지 마음을 숨기(려고 애쓰)고 있었다. 그 시절 A가 내게 전하는 편지 속 글, 그의 표정과 말 한마디, 행동 하나하나가 나를 좋아한다고 열렬히 표현하고 있었다. 그 마음이 불쑥 나타날 때마다 나는 설렜다. 나 역시 A를 좋아해서였다. 그를 향한 애정을 이고 다니느라 가슴 한편이 무거웠다. 마음은 늘 간지러웠다. 밀거나 당기는 것 없이, 재거나 따지는 것 없이, 그 사람만을 좋아하는 데 전력을 다하고 싶었다. 그냥 있는 그대로의 사랑에 빠지기. 그러나 나는 사랑에 '빠지는' 자신을 내버려두는 대신, 진심으로부터 온힘을 다해 도망쳐버렸다.

에둘러 설명하자면 우리는 연애하기엔 어려운 상황이었다. 각자 달성해야 할 일과 목표를 앞두고 매진하던 때였다. 나는 수십 수백 번 이성으로 감성을 억눌렀다. "너를 사랑하지 않아"라는 거짓말을 수도 없이 되풀이했다. 피노키오였다면 자라난 코가 지구를 한 바퀴 돌았을 테다. 나는 당신을 좋아하지 않아. 나는 당신을 좋아하지 않아. 그렇게 날마다 '나만 보자, 내 앞길만 챙기자' 수도 없이 되뇌니 어느새 정말 그렇게 느껴지는 것 같았다. 의지로 사랑을 통제하려는 스스로가 무서웠다.

그러나 '사랑은 타이밍'이라고, 각자가 목표했던 일을 끝내고 돌아보니, 우리는 조금 어긋나 있었다. 좋아하는 마음을 오래 외면하고 보니, 나는 정말로 그를 사랑한다고 말할 수 없는 사람이 되어 있었다. 우리가 마음껏 사랑을 말할 수 있는 시기가 왔을 때 사랑하지 않는다는 거짓말이 진실이 되어 있었다. 사랑할 수 있는 '때'는 흘러갔고, 나는 더 이상 그를 좋아하지 않았다. A가 줄곧 그 자리에 있었음에도 불구하고 말이다.

이 편지는 그 시절 A가 써준 것이다. 촘촘하고도 담백한 고백 편지다. 진심이 얼마나 꾹꾹 눌러 쓰였는지, 나는 A와의 관계가 어떻든 간에 편지를 열어볼 때마다 행복해진다. 아름답기 때문이다. 거기 진짜 마음이 있어서다. 사랑은 이런 거구나. 그 시절 앳된 A와 나의 얼굴을 떠올린다. 사랑이 흘러 넘쳐서 좋아한다고 말하고 싶었을 때, 말했다면, 그 사랑에 푹 잠겼다면, 한 사람과 또 한 사람의 시간은 어떻게 흘러갔을까?

어느 시절로부터 시간이 제법 흘렀는데, 어떤 물건들에서 종종 고백의 흔적을 발견한다. 작은 흔적을 버리지 못해 몇 개의 물건에 그가 남아 있다. A가 내게 써준 몇 마디 문장들이, 서로만이 빛이었던 그 시간을 떠오르게 해서 버리지를 못했다. 아니 그래도 버려야겠다고 생각해서 '오늘은 버려야지' 마음을 꾹 먹고 그것들을 책꽂이 밖으로 꺼내둔다. 한 번, 두 번, 세 번 찢어서 쓰레기통에 넣을 거야, 결심한다. 그리고 이내 실패한다.

차라리 내가 잠든 사이에 그것들이 흔적도 없이 사라지면 좋겠다. 왜냐하면 나는 그 시간을 10리터짜리 쓰레기봉투에, 코푼 휴지나 구겨진 영수증, 머리카락, 라면 스프 봉지, 썼던 면봉 같은 것과 섞을 수 없기 때문이다. 내가 잠든 사이에 그것들이 스르르 사라지면 아무렇지도 않을 것이다. 그것들이 있었다는 사실조차 잊어버릴지도 모른다. 그러니까 사실은, 버리지 못할 뿐이지, 나는 그 물건들을 책꽂이에 꽂아두고 꺼내지 않는다. 꺼내는 날이라곤 대청소를 하는 날뿐이다.

사랑한다는 진심을 전할 수 있었지만 모른 척 무시하고 등졌을 때, 이미 모든 것이 끝나버렸기 때문이다. 나는 진작 진심을 버렸으니까. 너를 좋아했던 것만은 거짓이 아니라고, 그 시절 나를 웃게 하고 긴 터널 끝으로 들어오는 빛처럼 포기하지 않고 걸어가게 만든 것이 당신이었다고, 그때 내게 당신만이 빛이었노라고 말하고 싶었지만, 말하지 않았던 탓이다. 당신을 좋아하는 마음을 숨기려고, 사랑하지 않는다는 거짓말을 일삼았노라, 끝내 솔직하게 말하지 않았으니까. 언젠가 분명 당신을 사랑했으나, 결국에는 거짓말로라도 사랑한다고 말할 수 없게 됐으니 말이다. 이러나저러나 그건 정말 끝이었다.

23

"

내가 세상에서
가장 먼저
누나의 행복을 항상 빌게.

"

from A.

부치지 못한
편지

보관하고 있던 편지 가운데 '부치지 못한 편지'가 꽤 있다. 절반쯤 쓰다 만 것도, 편지지 전체를 빽빽하게 채웠음에도 보내지 못한 것도 있다. 이런 편지들은 내가 받은 편지를 보관하는 상자가 아니라, 이런저런 출력물을 보관하는 파일에 함께 모여 있다. 언젠가는 완성해서 부쳐야 할 것처럼, 문서 파일에 떡하니 자리를 차지하고 있는 불완전한 편지들.

몇 해 전 서울에서 부산으로 이사하며 대대적으로 짐을 줄이는 통에, 부치지 못한 편지들은 갈기갈기 찢겨 쓰레기통에 버려졌다. 이래저래 물건을 버리지 못하는 나로서, 이제 와 다시 돌이켜보니 그 편지들을 버린 게 아깝긴 하다. 편지 상자에 함께 보관해두었으면 역시 누고두고 추억이 됐을 텐데, 하고 말이다.

그 편지들을 부치지 못했던 까닭은 뻔하다. 아무리 생각해도 이 편지에 담은 내용을 전해서는 안 될 것 같아서. 내가 보낸 편지를 수신인이 열어 읽는 순간, 너무 많은 관계가 변해버릴 것 같아서. 변해버린 마음은 내 힘으로 돌이킬 수 없을 것 같아서. 부끄러워서 등등. 그런 이유로 편지는 떠나지 못하고 내게 남아 있었다.

'부치지 못한 편지' 코너에 자주 등장하는 수신인이 있었다. A. 나는 그 애를 속절없이 좋아했다. 그 애는 대학에 입학한 뒤 가장 처음으로 내게 전화를 걸었던 아이였다. 아직 본격적인 학교생활이 시작되기 전, 싸이월드를 통해 전화번호를 주고받았는데 전화가 왔다. 극소심 A형인 나는 그 애의 전화번호가 휴대전화 창에 뜨자 발을 동동 구르며 아파트 발코니에 나가 조심스레 전화를 받았다. 첫 통화에서 우리는 좋아하는 밴드가 같다는 화제로 이야기를 나눴다.

대학에 들어가고 첫 학기 동안 나는 소심함의 끝을 달리며 아웃사이더에 가깝게 지내는 편이었다. 대부분 아이들이 두세 명씩 짝을 지어 수업 시간표를 맞춰 함께 수업을 들었는데, 오리엔테이션에서 딱히 가까워진 친구가 없었던 나는 홀로 수강 신청을 하고, 같은 과 친구들이 거의 없는 교양 수업에 다녔다. 그런데도 농활이나 답사 등 학과 행사에는 빠짐없이 참여했고, 어떤 행사에서는 사회까지 맡았는데, 그렇다고 또 인사이더도 아니었다. 인문대 동아리에도 가입했는데, 봄 축제 공연을 절정으로 이루어졌던 각종 모임에서는 재밌는 농담도 못 치면서 구석에서 경청하며 잘도 웃으며 앉아 있었다. 완전히 외롭지도 않고 완전히 신나지도 않는 애매한 상태로 서 있는 날들이었다. 그러나 굳이 택하라면 외로운 쪽에 더 가까웠다. 온전히 마음을 기대고 있을 이가 없었기 때문이었다. 나는 겨우 버티고 서 있었다. 언제든 등을 돌려 홀로 다른 쪽으로 걸어갈 준비가 돼 있었다.

그랬던 내 마음을 학교에 완전히 묶어둔 것이 A였다. 웃을 때 아주 커다래지는 입, 학번이나 나이를 따지며 우물쭈물하던 애들과 달리 자주 스스럼없이 나를 '민채!' 하고 부르던 목소리, 하고 싶은 말은 해버리는 솔직한 얼굴, 도무지 가늠할 수 없는 무정형의 마음. A의 모든 것이 나를 사로잡았다.

사실 나는 겉놀았던 1학기 내내 병아리처럼 졸졸 그 애를 따라다녔다. 학과 행사에 가면 이야기 나누고픈 사람이 없어서 바삐 눈알을 굴려 그 애를 찾아 근처에 앉았다. 그래야 내 자리를 찾은 듯 마음이 놓였다. 일종의 분리불안증후군Separation Anxiety이 된 건 아닐까 싶을 만큼, 내게는 늘 그 애가 필요했다. 오직 그 애와 함께 묶여 있는 가상의 끈만이 나를 안쪽으로, 안쪽으로 끌어당겼다. 무수한 선택과 긴 시간을 거쳐 이 학교에 다니게 된 건 A를 만나기 위한 게 아니었을까, 그 애가 없었다면 내 삶은 송두리째 달랐겠지, 싶은 마음은 결코 과장이 아니었다.

　A와 시간을 함께 보내고 싶어서 꾸준히 발을 들인 생활이, 결국은 나를 그 자리에 정착시켰다. 어설프게 겉돌던 반년이 지나자, 수업 시간을 맞춰 함께 다니는 사람들이 생겼고, 연애도 했고, 학회와 동아리 활동에도 푹 빠졌다. 사람들과 함께하는 모든 일이 즐거워서 나는 매일 거의 종일 학교에만 있었다. 일상이 편안해지니 비로소 내가 보였고, 그 나날 속의 나 자신을 더 사랑했다. A를 향한 사랑은 나 자신과 다른 모든 사람들을 향해 손을 뻗었다.

그 무렵의 모든 날들에도 내게는 A가 최고이며 최우선이며 최선이었다. 나는 A에게 편지를 쓰곤 했고, 어떤 건 직접 전해줬고 어떤 편지는 우편으로 부쳤고 또 어떤 편지는 전하지 못했다. 부치지 못한 편지가 있는 까닭은 물론, 아무리 생각해도 이 편지에 담은 내용을 전해서는 안 될 것 같아서. 내가 보낸 편지를 수신인이 열어 읽는 순간, 너무 많은 관계가 변해버릴 것 같아서. 변해버린 마음은 내 힘으로 돌이킬 수 없을 것 같아서. 부끄러워서 등등이겠지.

이 편지는 '부치지 못한 편지' 코너에 가장 자주 등장한 A가 내게 쓴 편지다. 아무 공책이나 푹 뜯어서 쓴 편지. 쓴 날짜가 없어 언제 무슨 일로 이런 편지를 썼는지 짐작하기 어렵다. 그런데도 그 애와 주고받은 수십여 통의 편지 중에서 이 편지가 유독 눈에 띈 것은, 'Separation Anxiety'라는 단어 때문이었다. 길진 않지만 이 편지에는 그 단어가 쓰여 있고, 나와 만나지 않았다면 대학 생활이 어땠을지, 미래가 어떻게 될지 상상하기 두렵다는 내용이 적혀 있다. 대학 시절 내내 내가 A에게 느꼈던 것과 꼭 닮은 감정이었다. 두 사람 사이에 묶여 있던 가상의 끈은, 보이지 않지만 정말 존재했는지도 몰랐다. 끊어지는 일을 상상하기엔 너무 두려운, 멀어지기엔 고통스러운, 어떤 인연. 세퍼레이션 앵자이어티.

그 애에게 부치지 못했던 무수한 편지들을 보낸 이후의 나를 상상해본다. 들여다보기에도 어려운 아주 미세한 감정의 변화로, 우리는 완전히 달라졌을지도 모른다. 찢어서 버린 편지들에 쓰였던 많은 말들은 내가 A를 얼마나 사랑했는지, 그 마음을 지키기 위해 얼마나 오랜 시간 서성거렸는지를 보여줄 테니. 지금은 세상에 존재하지 않지만, 한 글자 한 글자, 망설였던 그 편지들이. 그 시절 나와 당신이 연결되어 있었노라, 그때 당신이 나를 살게 하고 살아가게 했노라, 한끗 후회도 없이 그 시절을 사랑할 수 있게 만들어주었노라 속삭여주겠지.

찢어서 버린 편지들에 쓰였던 많은 말들은

내가 A를 얼마나 사랑했는지,

그 마음을 지키기 위해

얼마나 오랜 시간 서성거렸는지를 보여준다.

지금은 세상에 존재하지 않는 그 편지들이.

그 시절 나와 당신이 연결되어 있었노라,

속삭여주겠지.

24

"

울어도 되니까
마음속에 담아놓지 마.
그것만 약속해줘.

"

from A.

나를 믿어주는
딱 한 사람

편지 쓰기를 좋아하는 나는 학창시절 편지를 쓰다가 밤을 새우는 일이 잦았다. 반 친구들과 유난히 각별했던 고등학교 2학년 때는 40명에 가까운 반 친구들 전원에게 크리스마스카드를 쓴 적도 있었다. 편지를 좋아하는 건 글쓰기로 이어졌다. 성인이 될 때까지 마음의 연결고리가 이어져 책을 쓰고, 책을 만드는 일을 업으로 삼았다.

현업으로 삼고 있는 책방에서 글쓰기 수업을 진행할 때도 '편지 쓰기' 시간을 넣는다. 대부분의 사람들이 편지를 써본 경험이 있기에 '편지는 누구나 쉽게 쓸 수 있는 글'이라고 치부하기 일쑤다. 하지만 편지만큼 진심을 담고 다른 사람의 마음을 움직이는 글을 쓰는 경험은 흔치 않다. 편지 쓰기란 사람과 사람의 감정선이 연결되는 일. 우리는 편지라는 장르를 통해 이름을 부르고, 가장 내밀한 추억을 공유하고, 각자의 삶을 보듬어 울거나 웃게 만드는 글을 쓴다. 이런 글을 쓰기란 쉽지 않다. 그래서 편지를 써보는 거다.

구직 대신 '창직'이란 걸 한다면 무얼 하면 좋을까 상상에 빠진 적이 있다. 그럴 때면 나는 편지 대필 작가가 됐다. 영화 〈HER〉나 소설 『츠바키 문구점』에 나오는 이들처럼 편지 쓰기에 어려움을 겪는 사람들을 대신해 편지를 써주는 것이다. 상대방이 처해 있는 상황을 주의 깊게 들어주고, 그에게 완전히 감정을 이입하여 편지를 쓴다. 나의 역할은 편지를 받는 이의 마음을 움직이는 일이다. 편지를 써주는 것만으로도 돈은 받겠지만, 편지를 통해 마음이 잘 전달되어 수신자의 마음을 움직이고 행동을 변화하게 만든다면 금상첨화일 것이다.

이런 상상을 하면서 즐거워하는 삼십 대라니. 내가 이만큼 편지 쓰기를 좋아하게 된 계기는 명확하다. A가 한 말 때문이었다. 무슨 내용인지는 기억나지 않지만 중학생 때 A에게 편지를 써주었다. 다른 반이었던 A

를 다음 날 화장실에서 마주쳤는데, A는 다소 격앙된 말투로 "어제 네가 써준 편지를 읽고 울었어"라며 나를 꼬옥 안아주었다. 그 순간 나는 전율했다. 내가 쓴 글이 한 사람의 마음에 가닿아 심금을 울려 눈물샘을 자극하다니! 그 짜릿한 기분을 계속 맛보고 싶었다. 그 뒤로 나는 늘 누군가를 울리는 글을 쓰고 싶었다.

A와 내가 주고받은 편지는 대부분 우리가 같은 중학교, 같은 반에서 함께할 때 쓰였다. 열여섯 먹은 학생들이 쓴 편지라 지금 보면 우습고 귀여운 별것 아닌 고민이 담겨 있다. 좋아하는 남자아이 이야기, 다가올 시험에 대한 걱정 같은 뻔한 일상 이야기다. 사춘기 소녀들에게 그런 편지야 흔하디흔했지만, A의 답장은 조금 특별한 구석이 있었다. A의 글은 웃음 많고 솔직하게 말하는 그 애의 성정을 고스란히 담고 있었다. 묵묵히 이야기를 들어주고는 '걱정할 거 없어, 결국 잘 될 거야!'라고 묵은 고민을 툭툭 털어주는 힘이 있었다. A에게 전하는 모든 액션에는 성실한 리액션이 돌아왔다.

이 편지는 내가 첫사랑 소년에게 고백하고 대답을 기다리는 와중에 A가 내게 쓴 편지다. 줄도 없는 커다란 용지에 성글게 적혔지만, 사랑을 고백하고 벌벌 떨고 있을 여자애를 위로하는 용도로는 충분하다. 좋은 대답이 돌아올 거지만, 행여 나쁜 대답이라도 울어버리고 마음속에 담아놓지 말라는 말이 쓰여 있다. 말미에는 무엇보다 자기가 나를 아낀다는 말까지. 고맙게도 A는 누구도 아닌 나를 중심에 두고, 그 방향을 향해 다정한 말들을 띄웠다. 철저하게 나를 긍정하고 보듬어주는 그 말들 덕분에 내 마음은 움직이고 행동도 달라졌을 것이다. 고백의 대답이 어떻든 나는 A로 인해 괜찮았을 거다. A야말로 '진짜' 편지를 쓸 줄 아는 소녀였던 셈이다.

　　글을 쓸 때 혹은 내가 시작하려는 일에 용기가 나지 않을 때 나는 A의 얼굴을 떠올린다. 그 애라면 잘해낼 거라고 얘기해줄까, 진심으로 나를 믿어줄까. 어떤 일을 해낸 뒤에도 그렇다. 주인의 칭찬을 받고 싶어하는 강아지처럼 꼬리를 흔들며 소식을 슬쩍 전하곤, 그 애의 리액션을 기다린다. 그러면 A는 화색을 보이며 내 일에 기뻐해주며 웃는다. '내가 뭐랬어, 잘 해낼 거라고 했지?'라고 말하는 것처럼 내 눈동자를 똑바로 들여다본다. 주변을 살피지도 않고 나를 꿰뚫듯 오로지 나에게만 집중하는 눈동자. 그 눈을 보면 나도 알 수 있다. A가 나를 믿어주고 있다는 사실을.

　　그때 A가 내 편지를 읽고 울었다는 말을 해주지 않았다면 나는 다른 사람이 되었을 거다. 내가 쓴 글에 몸과 맘으로 반응해줄 사람이 존재한다는 사실을 몰랐다면 편지 같은 건 쓰지 않았을 테니까. 글도 책도 사라지고, 다른 질감의 언어를 구사하며, 다른 판단을 하고, 다른 일을 하는, 완전히 다른 사람이 되었을 것이다. 그러니 내가 책을 쓰고, 만들고, 팔며 사는 까닭은 내 글을 읽고 울어줄 사람이 세상에 존재하기 때문이다. 그게 정말 A 딱 한 명뿐이어도, 나는 평생 이렇게 살 수 있을 것만 같다.

"

추우니까
따뜻하게 입고 다니자.
여자들은
찬 곳에 앉지 말고.

"

from A.

오늘은 목소리를
들어야지

    사랑하는 사람의 손글씨를 몸에 남기는 사람들이 있다. 부모님이 써주신 편지 속 한 마디를 가져와 그 글씨체 그대로 레터링 타투를 남기는 식이다. 그런 사람들을 볼 때면 '나도 한번 해볼까' 마음이 동하곤 했다.

    부모님이 돌아가시고 나면 다시는 마주할 수 없는 것들이 있다. 한 사람의 소멸은 그와 관련된 모든 것이 사라지는 일이니 당연하다. 하지만 그중에서도 너무 일상적이어서 남겨둘 생각조차 못했던 부분도 있을 테다. 이를테면 목소리 같은. 사진을 찍는 것도 좋지만 부모님 동영상을 많이 찍어두라는 어떤 이의 조언을 들은 적이 있다. 내 부모의 목소리가 사라지고 나면 아무리 듣고 싶어도 다시 들을 수 없으니.

어쩌면 내 부모의 필체도 그러하지 않을까. 수많은 날들 식탁 위에 올라와 있던 "국 데워 먹어라" "냉장고에 수박 있다" 같은 사소한 쪽지들은 다 어디로 갔을까. 작은 종잇장에 숨겨진 애정 어린 걱정은 모두 어디로 흘러갔나.

그런 까닭에 편지 더미에서 발견한 엄마 아빠의 손 글씨는 더더욱 반가웠다. 아빠의 메모는 보통 크기 편지 봉투에 적혀 있다. 중학생 때인지 고등학생 때인지 알 수 없지만, 기말고사가 끝나고 방학을 맞이한 날인 듯했다. 학교를 마치고 집에 돌아와 보니 책상 위에 봉투가 있었다. 방학 때까지 고생이 많았다며, 영화를 보거나 맛있는 걸 사먹으라는 메시지가 적힌 봉투에는 2~3만 원쯤 용돈이 들어 있었다. 집에 돌아와 봉투를 처음 봤을 때, 나는 애처럼 좋아하기보다는 다 늙은 딸처럼 싱긋 웃었다.

엄마의 메모는 스프링 노트에서 한 장 뜯어낸 종이에 쓰였다. 겨울 '쉐타'(엄마의 표현 그대로)는 드라이클리닝을 해야 하니 잘 때는 면 옷을 입고 자라는 당부, 쉐타 안에는 셔츠를 받쳐 입어도 예쁘다는 조언, 추우니까 따뜻하게 입고 다녀야 하며, 여자들은 찬 곳에 앉으면 안 된다는 메시지까지 알차게 담겨 있다. 스웨터를 입고 자지 말라고 적은 걸 보니, 어린 시절 나는 지금보다 게으른 녀석이었던 것 같다. 아마 많은 날, 외출하고 돌아온 채 빈둥거리다 그대로 잠들었을 것이다(옷도 안 갈아입고! 씻지도 않고!).

다른 쪽지는 보관해둔 것이 없는데, 이 편지들만 남아 있는 까닭은 어느 순간 애틋함에 사로잡힌 탓이었나 보다. 그때 나는 어린 학생이었지만, 언젠가 이 메모가, 그 마음이 사무치게 그리워지리라 어렴풋 알았던 거겠지. 언젠가는 엄마 아빠 곁을 떠나 독립할 테고, 내 여가도 식사도 옷도 집도 모두 스스로 꾸려가야 할 날이 올 것이니.

서른 넘어 내가 부모가 되고서야, 얼마나 전전긍긍 아이를 키우는지, 단 하루도 마음 편할 날이 없음을 알았다. 부모이기 때문에 귀찮은 일도 미룰 수 없고 게을러질 수도 없다. 나와 남편이 바지런히 움직여야만 다음 날 또 무사히 아이를 돌볼 수 있다. 그 피곤한 일을 십 수년째 하던 그때 내 부모는 얼마나 바빴을까. 아이에게는 가르쳐줘야 할 것이 여전히 많았겠고(잘 때는 면 옷으로 갈아입으라는 것마저 알려줘야 하다니?), 보살펴 나 누어줄 관심이 너무나 많았으니(시험은 언제고 방학은 언 제일까, 내 딸은 친구들과 무얼 하고 놀까?), 사실 그들은 지 쳐 있었을 것이다. 며칠만, 아니 단 하루만이라도 아이 들이 없었던 때처럼, 홀홀, 신나게 놀고 쉴 수 없을까, 그 들도 가끔 바랐을 것이다.

짧은 편지에서 작았던 나를 향한 사랑이 뚝뚝 묻어난다. 이제 내가 그들의 자리에 서서 사랑과 관심을 나눈다. 내 몸 살필 일을 뒤로 미루고 아이를 보살핀다. 먹이고, 씻기고, 가르치고, 사랑하는 일로 하루가 간다. 간단하게는 '내리사랑'이라는 말로 표현될 마음. 나는 내 아이에 대한 이런저런 것을 기록으로 남긴다. 사랑이 그득한 눈으로 사진을 찍고 글을 쓴다. 한순간 한순간이 귀해서 벅차오른다.

그런데 거꾸로, 내가 부모에 대해 남겨둔 것은 얼마나 있던가. 함께하며 목격하는 그들의 표정이 아름 다워서 셔터를 눌렀던 적이 언제였나. 틈날 때마다 사진 을 꺼내어 보긴 했나. 지난 수년간 내 몸 하나 챙기느라,

또 가정을 꾸린답시고 그들에게 얼마나 무심했고 소홀했던가. 그들에게 나눌 몫의 관심도 걱정도 없이 '바쁘다'는 말로 얼마나 많은 날을 지냈나.

몸에 아로새길 그들의 말과 글은 무엇일까 곰곰 생각해본다. 아무것도 떠오르지 않으며 동시에 모든 것이 떠오른다. 이미 나의 언어와 표정, 삶 전체가 그들의 언어로 감싸여 있기 때문이다. 원하건 원치 않건 부모는 나의 형질을 이루고 있다. 그들이 나를 키웠기에, 두 사람의 손길과 목소리, 눈빛에 담겨 있던 많은 것을 나는 흡수했다. 오롯이 '나'라고 믿는 존재에 그들의 일부가 있다.

그립겠지만 그들의 글씨체를 몸에 새기지는 않을 것이다. 대신 날마다 '나'로 최선을 다해 살아감으로써 그들을 오래 내 안에 남길 것이다. 엄마와 아빠가 가르쳐준 방법으로 타인을 사랑하면서, 그들이 알려준 방식으로 세상을 보며 먼 곳까지 나아가면서, 그들이 보여준 말투와 마음씨로 또 다른 생을 일구면서.

오늘은 전화를 걸어 목소리를 들어야지. 다음에

만나면 함께 숲길을 걸어야지. 내 이야기를 들려드려야
지. 마음이 담뿍 담긴 작은 쪽지를 남겨야지. 언젠가 사
무치게 후회하지 않게끔. 보고 싶을 때 눈을 감으면 나
의 두 사람이 생생하게 그려지게끔.

사실 그들은 지쳐 있었을 것이다.

며칠만, 아니 단 하루만이라도

아이들이 없었던 때처럼,

홀홀,

신나게 놀고 쉴 수 없을까,

그들도 가끔 바랐을 것이다.

26

"

우리 오늘 같이 가자.
우리 둘이서만
같이.

"

from A.

움트는 사랑,
버릴 수 있는 편지

사랑은 싹튼다. 씨앗처럼 마음에 심겨서. 씨앗은 어디에서 오는가? 무엇으로 인해 움트는가? 왜 자라나는가?

코로나 19 시대가 장기화되면서, 초반에는 집을 꾸미는 가구와 인테리어 소품이 잘 팔렸다고 하던데, 지금은 집을 비우는 정리 열풍이 불고 있다. 요즘의 나 역시 집을 정리해주는 TV 프로그램을 즐겨보는데, 그때마다 새롭게 다짐하며 오래 묵은 물건을 버린다. 상자에 아무렇게나 담아둔 채 꺼내지 않는 추억의 물건은 사진으로 찍고 버리고, 종이로 된 것은 한 파일에 모아 시간순으로 정리하고 있다. 비우기에 기준이 생기고 가속도가 붙자 정리가 쉽고 즐거워졌다. 빈 책꽂이 한 칸과 빈

바구니 네 개, 빈 옷장 한 칸이 생겼다.

그럼에도 불구하고 버리기 어려운 게 있다. 편지다. 그간 나는 편지라면 정말이지 단 한 장도 버릴 수 없어서 커다란 박스에 모아 이사 때마다 들고 다녔다. 어지간히 무거워 바닥에 놓고 밀거나 끌어야 할 정도다. 그랬던 편지들을 이제는 미련 없이 버릴 수 있겠다는 확신이 들었다. 신박하게 집을 정리해주는 TV 프로그램 때문도 아니고, SNS에 깔끔한 집을 전시하는 미니멀리스트 때문도 아니다. 편지에 관한 여러 편의 글을 쓰면서 깨달았기 때문이다. 어떤 편지에는 더 이상 한 조각의 사랑도 남아 있지 않다는 사실을. 사랑, 사랑 말이다.

편지를 이루는 밑바닥의 마음은 사랑이다. 일말의 애정이 없다면 편지는 쓸 수 없다. 사랑으로 잘 빚어진 말들. 그 사랑 때문에 나는 편지를 버릴 수 없었다. 내가 받은 사랑을 버릴 수는 없는 노릇이었다. 그런데 오래된 편지들을 반복해서 펼쳐보니 유효한 사랑 따위는 없었다. 사랑은 모두 증발해 사라졌다. 사랑은 어디로 가는 걸까? 완전히 증발해 사라질까? 그건 영원한 소멸일까?

사랑! 사랑을 눈으로 볼 수 있는 물질과 비교하자면 물과 닮았을 것 같다. 색이 없이 투명한 것. 천천히 혹은 빠르게 스며드는 것. 시인 박연준의 시 「여름의 끝」에서처럼 '손우물'을 만들어 잠시 고아둘 수 있지만 끝내 손에 쥘 수는 없는 것("두 손으로 만든 손우물 위에 흐르는 당신을 올려놓는 일"), 흘러가는 것, 때론 얼어 머무는 것, 그나마도 녹거나 깨어지는 것, 그러나 다시 흐르고 고이고 스미는 것.

어쩌면 한 사람의 생애에서 사랑의 질량은 보존되는 것이 아닐까? 흘러흘러 대상은 바뀌지만, 마음을 가득 채운 사랑은 소멸하지 않는다. 사랑은 부모를 향한 무조건적인 존경이었다가, 처음 사귄 친구에 대한 소유욕이었다가, 연인을 향한 치기어리고 무모한 욕정이었다가, 모든 것을 걸고라도 지키고 싶은 내 자식을 향한 희생이 되는 식이다. 그 다음, 사랑은 질량을 보존하며 또다시 흘러갈 것이다. 비가 되고 눈이 되어 내리리라. 내려서 묻히고 움트리라.

홀연 사라져버린 소녀가 내게 있다. 창백한 얼굴에 길쭉한 키, 도시 아이 같던 분위기. 흡사 첫사랑처럼 동경하던 아이였다. 이 편지는 그 소녀에게 받은 편지다. 아홉 살이었던 나는 어느 날 그 애에게 처음 편지를 받고 아주 기뻐했을 테다. "우리, 오늘 같이 가자"라며 하굣길을 함께하자는 내용이 담긴 편지. A와 나는 가까워졌지만 우정은 길지 않았다. A는 학기 중에 전학을 갔고, 다시는 연락하지도 만나지도 못했다. 휴대전화도 메일도 없던 당시에는 어린 아이들이 소식을 주고받을 방법이 없었다. 실시간으로 대화가 오가는 요즘은 이해하지 못하겠지만 소식이 끊기는 일이 종종 벌어지던 때였다. A는 몇 장의 편지를 내 인생에 남긴 채 사라졌다.

　　내 사랑의 파편은 한때 A에게 머물렀지만, 이제 그 사랑은 어디에도 존재하지 않는다. 한 시절 나를 사랑해주었던 사람들의 사랑 역시 다른 곳으로 흘러갔을 것이다. 다만 영영 소멸하는 대신 그들의 새로운 친구에게, 연인에게, 아이에게 머무르고 있을 테다. 그래서 이제 상자 가득한 편지를 버릴 수 있는 용기가 생겼다. 내가 받았던 모든 사랑은, 저 종이 더미 안에는 없지만 세상 어딘가에 존재할 줄 알기 때문이다. 아무도 모르는 새로운 세상 곳곳에 뿌려진 사랑의 씨앗. 사랑은 싹튼다. 움튼다. 자라난다.

27

"

G 엄마야~
생일 축하한다!

"

from A.

지금 여기
엄마의 자리

　팬티를 개다가 엄마 생각이 났다. 엄마는 무얼 하고 있을까. 무엇을 먹고, 보고, 누구와 어떤 대화를 나누며, 어떤 감정에 휩싸여 있을까. 엄마는 잘, 지낼까. 사회생활을 시작한 뒤 독립하고 결혼하며 떨어져 살게 되자 문득문득 엄마를 애틋하게 떠올리지만, 같이 살던 때는 오히려 엄마에게 소홀한 편이었다. 엄마는 늘 그 자리에 존재하는 사람이었다. 내가 태어났을 때부터 엄마는 언제나 '엄마의 자리'에 있었다. 순진하게도 나는 그것이 누구나 누리는 기쁨 혹은 영원한 아름다움이라 여겼다.

　엄마가 거기에 없을 수도 있다는 사실을, 태어난 지 스무 해가 넘어서야 알았다. 대학 새내기였던 해,

엄마는 수술을 받았다. 수술 날 아침만 해도 나는 엄마의 '항상 존재함' '영원함'을 믿었던 것 같다. 그래서 평소처럼 학교에 갔다. 오전 수업을 들었고 점심도 맛있게 먹었고, 심지어 친구들과 악기를 사러 낙원상가까지 다녀왔다. 그렇게 오후 수업을 마치고 하루를 보내고서야 엄마에게 갔다. 달려간 것도 아니고 그냥 천천히, 갔다. 엄마는 내 엄마의 자리에 있을 테니까.

엄마는 그 자리에 있었다. 평소와 다른 점이 있다면 나의 밝고 유쾌한, 씩씩하고 생기 있는 엄마가 아니라는 거였다. 수술을 마친 엄마는 지쳐 있었고 그림자 져 있었고 새카만 바다를 건너온 사람 같았다. 평소 같지 않은 엄마를 보고서야 깨달았다. 엄마는 여기 혹은 저기, 그 어느 곳에도 없을 수도 있다고. 그날 엄마가 치른 것이 전신마취까지 해야 하는 큰 수술이었고, 마취가 풀리지 않아 온종일 오빠가 엄마 손을 잡고 "엄마, 엄마" 불러주었다는 사실을, 나는 엄마의 수술이 끝나고 마취까지 풀린 뒤에야 알았다. 마찬가지로 대학생이었던 오빠는 그날 아침부터 수업을 모두 빠지고 일찍이 병원에 와서 엄마 곁을 지켰다고 했다. 마취란 잘 깨어나는 것도 중요하기에, 오빠는 줄곧 엄마 옆에 앉아 엄마를 부르며 정신을 차리기를 도왔던 것이다.

　나는 왜 이 모양일까. 겨우 이것밖에 안 되는 사람이면서, 왜 매번 내가 잘나서 잘 지내는 줄 아는 거지. 어리석기도 하지. 스스로를 향한 미움이 눈물과 함께 넘쳐흘렀다.

　이 편지는 사실 편지라고 부르기는 어려운 짧은 메시지다. 나의 생일날 엄마가 용돈을 담아 쥐어준 봉투에 쓰여 있다. 부르는 말과 본론뿐인 글. "G 엄마야~ 생일 축하한다!" 여기서 엄마는 나를 새로운 이름으로 부르고 있다. G(내 아기의 이니셜로 실제 편지에는 이름이 쓰여 있다) 엄마. 아니 세상에 자기 딸을 이렇게 부르는 사람도 있나? 나는 엄마 식의 유머와 애정 표현에 웃어버렸다. 나는 엄마에게 오랜 시간 '민채'로만 불리다 새 이름을 부여받았다. 내 자식의 엄마인 나. 비로소 엄마의 딸에서 온전한 한 가정의 구성원으로 떨어져 나온 듯했다. 엄마라는 자리, 지금 여기가 내 자리였다.

　엄마는 나를 새로운 이름으로 호명하며, 약간은 홀가분해졌을까? 엄마의 삶에서 내게 내어주었던 자유를, 조금은 되찾았을까?

　　결혼하며 삶터를 옮기며 엄마로부터 멀리 왔다.
그때 나는 이전까지의 삶을 가뿐하게 털고 멀리 떠나는
것에 설레며 조금 신이 나기까지 했다. 새로운 출발에
마음이 사로잡혀 한 번도 엄마 얼굴을 제대로 살피지 못
했다. 엄마와 대화를 나누던 몇 순간들을 찬찬히 되짚어
보면 분명히 엄마는 마음을 표현했었지만 말이다. 너무
멀리 가게 되어서 속상하다고. 더 가까이에서 살 수 있
는 방법은 없겠느냐고. 분명 아쉬워했다. 매정한 딸은
듣지 못했던 그 목소리, 보지 못한 그 표정.

　　감사하게도 엄마는 여전히 내게 있다. 엄마의
자리에. 인정머리 없는 딸은 그때나 지금이나 한결같
이 엄마를 살피고 헤아릴 줄 모른다. 그저 문득 엄마를
떠올릴 뿐이다. 엄마가 내 곁이 아니더라도 세상 어디
에라도 존재해주기를, 이왕이면 맛난 음식도 먹고 좋은
풍경과 마주하는 멋진 하루를 보내길 바라면서. 그나마
조금은 어른이 되었는지, 이제는 팬티를 개다가, 물을
마시다가, 손톱을 깎다가 자주 엄마를 생각한다. 그렇
다곤 해도 역시 '나'라는 인간의 매정함과 어리석음을

용서해줄 마음은 없다.

영화 〈어바웃 타임〉 속 주인공처럼 자신이 원하는 순간으로 시간을 되돌릴 수 있다면, 꼭 돌아가고 싶은 순간이 있다. 설령 그 기회가 딱 한 번만 주어진다고 해도, 돌이키고 싶은 하루. 엄마의 수술 날이다. 수업 따위는 모두 팽개치고 배고픔도 잊은 채 숨을 헐떡이며 달려가 엄마의 이름을 부르고 싶다. 그때 엄마를 기뻐 웃게 하고 두렵게 만들었을, 엄마의 자리였던, 엄마의 젊은 날을 모두 앗아간 '민채 엄마'라는 이름을. "엄마, 엄마" 불러 엄마가 깊은 잠에서 깨어났을 때, 자신이 엄마의 인생에서 많은 것을 빼앗은 줄도 모르는 그 철없는 얼굴로 곁에 앉아 있고 싶다.

편지를 받는 일은 사랑받는 일이고
편지를 쓰는 일은 사랑하는 일이라고
생각하기 때문이다.
오늘은 늦은 답서를 할 것이다.
우리의 편지가 길게 이어질 것이다.

　　　　　　　　－　박준,『운다고 달라지는 일은
　　　　　　　　　　아무것도 없겠지만』중에서

편지할게요

– 낯선 이름에게 전하는 나의 은밀하고 소란한 편지

초판 1쇄 인쇄 2021년 10월 29일

초판 1쇄 발행 2021년 11월 5일

지은이 김민채

펴낸이 정상우

디자인 위앤드(정승현)

관리 남영애

펴낸곳 오픈하우스

출판등록 2007년 11월 29일(제13-237호)

주소 서울특별시 은평구 증산로9길 32(03496)

전화 02-333-3705

팩스 02-333-3745

홈페이지 www.openhousebooks.com

페이스북 facebook.com/opemhouse.kr

ISBN 979-11-88285-98-3 03810